# 問題兒童都來自異世界？

YES！是兔子叫來的！

Tatsunokotarou
竜ノ湖太郎
illustration
天之有

Kadokawa Fantastic Novels

YES!是兔子叫來的!
問題兒童都來自異世界?
contents
序章 009
第一章 019
第二章 032
第三章 080
第四章 122

第五章
160
第六章
215
第七章
233
第八章
247
終　章
280
後　記
288

這是個梅雨季裡難得放晴的日子。

逆廻十六夜在河邊一邊感受周遭的初夏氣息，一邊抬頭看了看太陽，唐突地喃喃自語：

「喔？看到太陽黑子了。果然主張太陽已經開始進入冰河期的理論是真的嗎？」

比起寒冷，以「上天不會創造出在我之上的人」為座右銘的他似乎更想推廣溫室效應。

由於已經沒有前往學校的義務，他考慮過是否要穿著高中制服在河邊進行悵然沉思的遊戲，但那在旁人眼中只是個丟臉的行徑。要是被認識的人看到，背地裡絕對會被當成笑柄。

「有沒有什麼有趣的事情啊……」

他拿下耳機，河對岸一群混混的聲音傳進了他耳裡。他們身穿背部繡著圖案，看來充滿氣勢的加長版立領制服，中間則有個遭到他們施予集團暴力的少年哭倒在地上，被迫磕頭道歉。

「喂喂不太妙吧！這傢伙是真哭呢！有夠髒，要不要把他塞進河裡洗一洗啊？」

「既然要洗，乾脆叫他脫光光跳河吧！還要把兩手兩腳綁起來！」

「噫…………！」

全身發抖的少年整個人像不倒翁一樣縮成一團。逆迴十六夜緩緩坐起上半身，對著前方數十公尺持續又踢又踹的他們開口搭話：

「……啊～好閒～閒到爆！要是空閒能賣，我有信心可以大賺一筆。怎樣，那邊那群看來沒啥腦袋的蠢蛋們，要是提供一些娛樂，我可以回敬你們每一個人叫做空閒的長期入院休養當禮物喔！」

「喂！你快點脫光跳下水啊！」

「至少還是綁住兩手吧！反正只要腳還可以動就不會死嘛！」

「救命啊……救命啊……救命啊……！」

沒有人對逆迴十六夜的發言做出反應，這也是當然。

因為他並沒有大叫，而是用跟旁人說話沒兩樣的音量來發言。

所以逆迴十六夜的聲音當然不可能傳進那群人耳中，而是直接隨風飄散。至於那個被混混集團毆打的少年滿臉都是泥巴眼淚和鼻水，樣子慘不忍睹。

「…………」

十六夜默默地站了起來。

他先從河邊撿起兩、三顆大小適中的石頭，接著，這次他放聲大喊並投出石頭。

「叫你們讓我也參一腳啊啊啊啊啊啊啊！」

# 序章

整個岸邊爆炸了。這並不是譬喻，也沒有修正的必要。

正如字面所述，石頭發揮出足以匹敵第二宇宙速度的異常高速，夾帶著巨響揚起一陣煙塵，讓混混和少年連同河岸一起被炸翻了出去。

「哇啊啊啊！」

「是……是逆廻十六夜！大家快逃！」

「救……救命——」

「喂喂！我要繼續丟了喔！」

在豪爽的哇哈哈笑聲下，擲出的石頭製造出一個個隕石坑，這景象正可以稱為空投轟炸。

面對這壓倒性的光景，無論是原本在欺負人的混混還是被欺負的少年，都同樣害怕地逃走了。

為了避免引起誤解，這裡要特地說明逆廻十六夜並不是為了幫助少年才投出石頭。

只是因為「抑強，同時也抑弱」這個理念也是他的座右銘之一。

「哈哈哈真是沒出息！沒出息！原來只是外表有氣勢嘛！」

逆廻十六夜抱著肚子嘲笑所有人驚慌逃跑的樣子。

他先誇張地笑得東倒西歪，接著又笑得猛跺地。

周圍只剩下他的笑聲，完全沒有他人的氣息。在逆廻十六夜的笑聲停止的同時，這一帶立刻被閑靜的氣氛籠罩。

重回寂靜的河邊完全感覺不到人的動靜。和他同年代的少年少女們，現在應該正待在學校裡吃午餐吧。逆廻十六夜一語不發地呆站著。

「……真無聊！」

接著才像是在發洩般，表白出內心真正的想法。

就算覺得混混集團和少年的滑稽反應很諷刺可笑，卻絲毫不有趣。

即使他試著笑得東倒西歪，但也只不過是假象，根本不足以打發時間。

逆廻十六夜呼出一口帶著空虛的嘆息，撿起包包轉身背對河岸。

「…………嗯？」

在他踏出腳步的同時，咻～的一聲，一股橫向的強風掃了過去。隨風飛舞的一封信描繪出不自然的軌跡，輕飄飄地瞄準包包的縫隙溜了進去。

「……剛剛那是怎麼回事？」

逆廻十六夜拿起這封飛出詭異路線的信件。

只見信封上面以流暢美麗的字體寫著：「逆廻十六夜先生啟」。

*

久遠飛鳥對著蟬鳴如驟雨聲般惱人的庭院大聲喝道：

# 序章

「吵得讓人火大！給我安靜！」

蟬鳴立刻嘎然而止，彷彿早有默契。看來久遠家大小姐的怒斥比求偶行為更受到重視。久遠飛鳥對這個結果並不覺得有什麼好訝異，大搖大擺地在洒掃清潔的大宅裡闊步前進。不過明明這裡是日本數一數二的大財團，空調卻沒有涵蓋到走廊，到底是怎麼回事？

飛鳥撥著長髮，抹去反射光線的汗水，快步衝進自己房間。她先確認房門已經鏗鏘鎖上，才整個人往床上一躺，床墊也隨著她的動作上下晃動。

然而這樣似乎並沒有讓她滿意，飛鳥又轉動身體讓床墊再度重重反彈。

「解散財團的家族會議？真沒想到我會為了這種事情被叫到日本邊陲的角落來。」

為了讓已經持續好幾個月的家族會議做出決議，久遠飛鳥被迫面對宗家的族長。久遠家的族長雖然年事已高無法離開床榻，然而由於發言擁有強大的影響力，是個過去受到各界畏懼的大人物。

面對這位財團的後盾，親戚們居然跑來哀求飛鳥這個才剛滿十五歲的小姑娘，拜託她「想想辦法」，實在讓人無奈得無言。

在百般無奈的情況下來到宗家宅邸的久遠飛鳥，對著族長說了一句話：

「請不要講那麼多，立刻協助解散財團。」

「我明白了。」

沒有第二句話。真的是一場連十秒都不到的對話，根本稱不上是「會議」。

事情一旦有了著落，久遠飛鳥立刻轉過身子離開大宅。原本就期待事態如此發展的親戚們，反而因為目睹了這段令人懷疑自身眼睛和耳朵的對話，只能目瞪口呆地目送她離開。

——親戚中傳言，久遠家大小姐說出口的發言即為「絕對」。

這並不是什麼規矩或法則，只是她一旦說出口，凡事就絕對會照她所說的演變。雖然也有人說這是強烈暗示或催眠、洗腦之類，然而久遠飛鳥本身並沒有這樣的自我體認。

她只是把自己的想法說出口而已。已經無法抗拒現今世界的潮流，所以財團解體也是不得已的做法……她只不過是把自己的主張稍微強烈地表達出來罷了。

「……真無聊，居然連那位大老爺都是這個樣子，真是笑死人了。」

久遠飛鳥保持臥姿，用力握緊床單。她心情欠佳的主要理由就是因為這個。

所有發言都只能獲得「是」這種回應的人際關係，既不刺激也欠缺風情。只能和他人建立起樸素又無聊的人際關係。久遠飛鳥已經對這種平淡的人際關係感到相當厭煩。

「……好熱，為什麼會這麼悶熱呢？」

正式服裝是酷暑的最大障礙。除了綁頭髮的緞帶，久遠飛鳥想把其他衣物全部脫掉。

這時她突然發現，在自己視線游移方向的書桌上，放著一封可疑的信件。

信封上面寫著：「久遠飛鳥小姐啟」。

「…………？」

飛鳥狐疑地歪了歪頭。接著她立刻把視線移向房間大門、窗戶、以及暗門後的緊急避難通

路。到處都呈現緊閉狀態沒有使用過的痕跡。這時，響起敲門聲與女僕的聲音：

「飛鳥大小姐，我送清涼的飲料——」

「我說，問妳一個唐突的問題，我不在的時候有誰進了我房間嗎？」

「？這房間的鑰匙只有大小姐您手上那一把而已，所以沒有任何人能進出這間房間。」

「是嗎……也對呢。沒事，妳可以退下了。」

女僕行禮後離開房間。久遠飛鳥再度詳細調查房間內所有可能進出的地點，然而卻完全無法找出遭使用過的痕跡。

換句話說，絕對不可能把信放進這間房間裡。

「……嘻嘻，雖然不知道是哪位，不過這並非密室殺人的密室投書倒是讓我很中意。」

連酷暑都被拋到腦後，久遠飛鳥露出了久違的笑容，開心地打開了信封。

＊

秋天的大雨已經結束，正要進入紅葉季節。想趁紅葉色彩尚未褪去的時期前往觀賞的春日部耀正在自己房裡穿上和服準備外出，這時卻有一隻三毛貓匆匆忙忙地跑到她身邊。

「不……不好了！耀小姐！天上掉下來一封寄給小姐妳的信！」

「……天上掉下來？」

話先說在前面，這隻貓並非妖貓之流。特別的不是貓，而是春日部耀。

三毛貓做出想跳上春日部耀肩膀的動作，把信塞給她。

「別誤會呀小姐！老頭子我完全沒說一句謊話！這個真的是從太陽公公那邊輕飄飄掉下來的東西啊！」

看著三毛貓像辯解般地說了一堆話，春日部耀先輕輕摸了摸牠的頭，再抱起牠露出微笑：

「我相信你，不是謊話。」

春日部耀以稚氣但端正的笑容回應。這是一句單調且完結的發言。三毛貓雖然恢復冷靜，這下卻換了個心態，開始介意起信件內容到了心癢難耐的地步，連雙眼都發出燦爛的光輝。

「小姐！請快點打開吧！不然老頭子我會因為過度好奇帶來的壓力導致掉毛呀！」

「嗯，等我回來就開。」

春日部耀把信件和三毛貓都放了下來，繼續穿和服的步驟。然而好奇心旺盛的貓實在無法忍受現狀，再度伸出爪子往春日部耀身上攀爬。

「小～姐～！快點打開來看嘛！和服什麼的等一下再——」

嗤的一聲，聽起來有種不妙的預感。

戰戰兢兢地把視線轉往袖子下方，只見和服開了一道從腋下直達腳邊的醜陋裂痕。

「…………………………………………………………………………」

「小……小姐……！」

春日部耀默默地承受這道精神衝擊。這套配合紅葉花紋的朱色振袖，是春日部耀相當喜愛的一件和服。由於也有季節的限制，若是錯過目前的時節，到來年為止就沒有機會再穿了。

然而根據裂開的程度來判斷，顯然不可能只花一、兩天就能補好。

……真的很遺憾，春日部耀不知道自己該說什麼才好。

「小……小姐……老頭子我……我……！」

「沒關係，都已經破了，也沒辦法。」

春日部耀先輕嘆了口氣，才對三毛貓露出苦笑。接著她開始換上放在旁邊的便服，穿好無袖夾克和短褲，拔下配合振袖的髮飾後，才打開三毛貓拿來的信封。

「上面寫了什麼？」

「…………」

拆開這封從天而降的信件後，春日部耀沉默了很長一段時間。

好奇心旺盛的三毛貓爬上春日部耀的肩膀，讀出信上內容：

＊

「在此告知身負異才，充滿煩惱的少年少女們：

若欲測試自身之恩賜才能，

望君捨棄家族、友人、財產，以及世界的一切，
前來我等之『箱庭』。」

＊

「哇！」
「呀！」
三人的視野立刻唐突地擴展開來。
情況急轉直下，他們被拋向上空約四千公尺的位置。
三人一邊因下墜產生的壓力而感到痛苦，同時都產生了相同的感想，講出了一致的發言：
「這……這裡是哪裡？」
眼前是整片未曾見過的風景。
在視線前方展開的地平線，是一片讓人聯想到世界盡頭的斷崖絕壁。
往下一望，則是一個未知的都市，籠罩在一個簡直會讓人搞錯比例尺的巨大帷幕下。
在他們眼前展開的世界——是一個完美無缺的異世界。

# 第一章

──箱庭二一〇五三八〇外門居住區域，三六〇工房。

「……順利讓對方過來了嗎，黑兔？」

「似乎是成功了呢，仁少爺。」

看起來年約十五、六歲，被稱作黑兔的兔耳少女縮了縮肩膀，以不正經的態度回答。

她身旁那名瘦小身體上套著鬆垮垮長袍的年幼少年嘆了口氣。

黑兔抬起那雙由煽情迷你裙與吊帶襪覆蓋住的美麗長腿換了個姿勢，將食指舉到粉嫩唇邊，繼續追加說明：

「嗯～總之接下來就是所謂的聽天由命吧？太悲觀不是件好事喔。表面上，必須把這裡偽裝成一個很棒的地方呢。『其實我們的共同體已經來到全面崩壞的末期，走投無路了』！老實傳達這個事實雖然容易，但是人家認為，這種做法也會讓他們對於是否加入產生戒心！」

看著黑兔一下握拳一下比手畫腳，不斷變換表情奮力主張，少年像是同意般點了點頭。

「雖然什麼都交給妳實在過意不去……不過，可以麻煩妳去迎接他們嗎？」

「包在人家身上。」

咚！黑兔從椅子上跳了下來。

當她伸手準備打開「工房」大門時，少年以不安的語氣開口追問：

「他們的來訪……能夠拯救我們的共同體嗎？」

「……不知道。不過『主辦者』說，可以保證一件事。」

說到這邊，黑兔猛然一轉身，讓裙襬隨之飛舞。

接著她像是惡作劇般地露出了淘氣的笑容：

「那就是……他們三人是在人類中，最高等級的『恩賜』擁有者喔。」

＊

「喵呀啊啊啊啊啊啊啊啊啊！小……小姐～～～～～～！」

從上空四千公尺處落下的三人一貓，穿過了好幾層事先鋪設在著陸位置，類似緩衝材質的薄薄水膜之後，一個個摔進了湖裡。

「呀！」

「哇！」

嘩啦！落水。雖然水膜減緩了下墜的力道讓三人不至於受傷，然而和耀一起掉下來的三毛

貓就沒有那麼幸運了。耀急忙把牠抱進懷中，將牠帶上水面。

「……還好吧？」

「還……還以為會死喵嗚……！」

雖然話還講得不是很清楚，但確認三毛貓平安的耀鬆了口氣。

其他兩人一邊迅速爬上陸地，同時各自忿忿不平地口出惡言謾罵：

「真……真不敢相信！沒想到不但強制把人硬拖來，最後還丟進半空中！」

「同右，混帳！一個不好，可是會當場game over啊！被召喚進石頭裡面還比較親切。」

「……不，要是被召喚進石頭裡面不就無法動彈了嗎？」

「對我來說不成問題。」

「是嗎？還真是自我呢。」

兩名男女彼此「哼！」了一聲後，抓起衣服下襬扭去水分。耀也跟在他們身後爬上岸邊，同樣扭起衣服，三毛貓則在她身邊搖晃全身甩乾水氣。繼續擰著衣服的耀開口說道：

「這裡是……哪裡呢？」

「誰知道。不過既然看得到類似世界盡頭的地方，可能是在哪隻大烏龜的背上吧？」

十六夜回答了耀的疑問。無論是哪裡，這裡的確是他們不知道的地方。

隨便擰完衣服水分的逆迴十六夜伸手把自己那頭有些亂翹的頭髮往上撥，開口說道：

「雖然我認為絕對沒錯，不過還是確認一下。妳們兩個傢伙不會也收到了奇怪的信吧？」

「是沒錯啦，不過首先你得改掉用『傢伙』稱呼別人的語氣——我叫久遠飛鳥，以後要注意一點。那麼，那邊那位抱著貓咪的是？」

「……我叫春日部耀，以下同前文。」

「是嗎，請多指教，春日部同學。最後，似乎很野蠻也很兇暴的你是？」

「謝謝妳高傲的自我介紹喔。如妳所見，我是野蠻又兇暴的逆迴十六夜。由於我是個粗魯又兇惡還信奉快樂主義的全方位廢人，還請大小姐遵照用法用量，以適切的態度來對我吧。」

「是嗎？要是你能給我本使用說明書，我再考慮看看吧，十六夜同學。」

「哈哈，真的嗎？我下次會弄出一本來，妳可要做好心理準備啊，大小姐。」

打心底放聲大笑的逆迴十六夜。

以傲慢態度別過臉的久遠飛鳥。

裝作事不關己和不感興趣的春日部耀。

躲在暗處觀察他們的黑兔心想：

（嗚哇……怎麼好像都是些問題兒童呢……）

雖然身為召喚他們的罪魁禍首還講這種話有點那個……不過實在無法客觀想像他們彼此合作的樣子。黑兔憂鬱地重重嘆了口氣。

＊

十六夜煩躁地開口說道：

「是說，被叫來是無所謂啦……但是為什麼一個人也沒有？這種情況下，該有個人出來說明一下邀請函上寫的『箱庭』是什麼東西吧？」

「是呀，在沒有任何說明的情況下，想行動也無法行動呢。」

「……我認為，身處這種情況還可以冷靜成這樣也很奇怪啦。」

（沒錯！）

黑兔偷偷地在內心吐槽。

要是他們幾個能更驚慌一點，自己要出面也比較容易些，然而由於現場氣氛實在過於冷靜，讓黑兔實在無法抓準現身的最佳時機。

（算了，繼續煩惱也無濟於事，還是在他們爆發出更多不滿前下定決心吧。）

看到他們三人各自大發牢騷的樣子讓黑兔幾乎心生恐懼，然而現在只能忍耐。

這時，十六夜突然嘆著氣低聲嘟囔道：

「──沒辦法，既然這樣，要不要乾脆去問躲在那裡的那個傢伙？」

躲在暗處的黑兔就像是心臟被捏住般地整個人跳了起來。

三人的視線都集中到黑兔身上。

「什麼嘛，原來你也察覺到了？」

「當然，玩躲貓貓我可還沒輸過喔？我看那個抱著貓的傢伙也早就發現了吧？」

「像那樣待在順風處，就算不想知道也會發現。」

「……喔？妳這傢伙還挺有趣的嘛。」

十六夜笑得輕浮，眼裡卻不帶笑意。三人為了發洩遭受不合理召集引起的怨氣，紛紛將帶著殺氣的冰冷視線轉向黑兔。黑兔有些畏縮。

「別……別這樣嘛，三位！被那種跟狼一樣恐怖的表情看著，人家會死掉喔！沒錯，沒錯，自古以來孤獨和惡狼就是兔子的天敵。要是各位可以看在人家這種脆弱心臟的分上，在此和平地聽人家講一席話，就太令人高興了呢！」

「不要。」

「駁回。」

「我拒絕。」

「啊哈！真是毫無商量的餘地呀♪」

黑兔高舉雙手，做出投降的動作。

不過她的視線依然冷靜地評價著眼前的三人。

（膽量及格。這個狀況下還能說ＮＯ的強硬態度值得評價。不過，缺點就是不好對付。）

黑兔一邊開著玩笑，同時也冷靜地思索著該怎麼應對三人才好——這時，一臉不可思議的春日部耀站到黑兔身旁，一把抓住黑色兔耳的底部。

「嘿！」

「呀啊！」

用力一扯。

「請……請等一下！如果只是想摸摸看人家還可以默默接受，但是才剛見面就毫不客氣地要拔人家的美妙耳朵，您到底在想什麼啊！」

「是好奇心導致的行動。」

「隨性也該有點分寸！」

「喔？這個兔耳是真的嗎？」

這次換成十六夜從右邊抓住耳朵扯了一下。

「……那我也試試。」

「請……請等一下——！」

然後是飛鳥從左邊動手。被兩人分別從左右全力拉扯耳朵的黑兔發出了聽不懂在喊什麼的慘叫，在附近形成了一波波的回聲。

＊

「——太……太不合理，太不合理了。沒想到光是要讓三位聽人家說明，就花了快一個小時。所謂的班級崩壞肯定就是指這種狀況。」

「怎樣都好，總之快點繼續吧。」

黑兔眼裡雖然含著一半真心想哭的淚水，但總算成功製造出讓他們願意聽自己說話的狀況。三人都在黑兔前方的湖邊坐了下來，以「先聽聽她講什麼再說」這程度的樣子豎起耳朵。

黑兔重新振作起精神，咳了一聲之後張開雙手。

「那麼可以了嗎？三位。人家要講出制式發言囉？要說囉？好！要說了！歡迎光臨『箱庭的世界』！我等就是想向三位簡報唯有獲得恩賜者才有資格參加『恩賜遊戲』，才會召喚三位至此！」

「恩賜遊戲？」

「是的！三位想必早就已經察覺自己不是普通的人類！這份特異的力量，是來自各式各樣的修羅神佛、惡魔、精靈和星辰賜予的恩惠。而『恩賜遊戲』，就是使用這份『恩惠』彼此競爭的遊戲。至於這個『箱庭世界』，則是為了讓擁有強大力量的恩賜持有者能過得有趣又愉快而創造出來的舞台！」

黑兔張開雙手宣傳著箱庭世界，飛鳥則為了提問舉起手來。

「首先從基本問題開始可以嗎？妳口中的『我等』是包括妳的哪些人？」

「YES！當從異世界被召喚來此的恩賜持有者想在箱庭展開生活時，必定得隸屬於為數眾多的『共同體』之一♪」

「我不要。」

「必定得隸屬於其中之一！此外『恩賜遊戲』的構造非常單純！就是贏家將可以獲得遊戲『主辦者』提供的獎品！」

「……『主辦者』是誰？」

「形形色色！有時候是閒著沒事做的修羅神佛打著考驗人類的名義舉辦遊戲，也有集團會為了炫耀共同體的力量獨自舉辦。以特徵來說，前者雖然大部分都可以自由參加，然而不愧是由修羅神佛擔任『主辦者』，因此許多遊戲都殘酷又困難，應該也會造成生命危險吧。當然，報酬也相對豐厚。雖然最後還是要由『主辦者』決定，不過獲得新『恩賜』也不是夢想！

至於後者，要參加必須自行準備籌碼。而且採取參加者一旦敗退，就必須把所有籌碼送給『主辦者』旗下共同體的制度。」

「後者相當庸俗呢……籌碼是指什麼？」

「這也是形形色色！貴重物品、土地、利權、名譽、人類……甚至可以拿恩賜作為彼此的賭注。只要從他人手中奪取新才能，就可以挑戰難度更高的恩賜遊戲吧。只不過，萬一在以恩賜為賭注的戰鬥中落敗，那當然——就會失去自身原有的才能，請事先理解。」

黑兔那極為可愛的笑容裡露出一抹黑影。

面對這可以認定是在挑釁的笑容，飛鳥也以像是在挑釁的語氣發問：

「是嗎，那麼最後我可以再問一個問題嗎？」

「請說請說♪」

「遊戲本身要怎樣才會開始？」

「除了共同體之間的遊戲外，其他都只要在各自的期限內登記就ＯＫ！連商店街裡的商店也會舉辦小規模的遊戲，如果有興趣的話請去參加看看！」

聽到黑兔這段話，飛鳥挑起一邊眉毛。

「……換句話說，所謂的『恩賜遊戲』等於是這個世界的法律，這樣想對嗎？」

喔？黑兔嚇了一跳。

「喔喔？您真敏銳呢！不過那有八成正確兩成錯誤。在我等的世界裡，同樣禁止強盜或偷竊，也存在著使用貴重物品以物易物。利用恩賜犯罪更是罪不可赦！這種違法的傢伙一個個都會受到處罰——不過！『恩賜遊戲』的本質卻完全相反！是一種『贏家可以獲得一切』的單方面制度。換句話說，只要完成店家提出的遊戲，就連放在店面的商品，也有可能免費得手。」

「是嗎，還真野蠻。」

「您說的對。不過，所有的『主辦者』都是基於自我責任來舉辦遊戲。也就是說，那種害怕自己所有物被奪走的膽小鬼，只要從一開始別參加遊戲就沒事了。」

或許是已經講完最基本的說明了吧，黑兔拿出了一封信。

「那麼，人家既然提出召喚各位的委託，就有義務回答關於箱庭世界的所有問題。然而要講完一切應該需要耗費一些時間吧，總不能讓身為新同伴候補的各位一直待在這種荒郊野外，所以接下來想請各位前往我等的共同體之後再聊……可以嗎？」

「等等，我還沒提問吧？」

一直默默旁聽的十六夜發出充滿魄力的聲音站了起來。注意到他一直掛在臉上的輕浮笑容已經消失的黑兔充滿警戒地回問：

「……是什麼問題呢？是關於規則？還是遊戲本身？」

「那些事情全部無所謂，我完全不在意。黑兔，就算我在這裡逼妳講出全部規則，也不會改變任何事。改變世界規則是革命家的工作，不是參賽者的工作。我想問的……只有一件信上寫到的事。」

十六夜把視線從黑兔身上移開，輪流掃過其他兩人，最後朝向被巨大帷幕覆蓋住的都市。他以彷彿目空一切的視線講了一句話：

「這個世界……有趣嗎？」

「────」

另外兩人也不發一語地等著回答。

第一章

召喚他們的信上這麼寫著：

「捨棄家族、友人、財產，以及世界的一切，前來『箱庭』。」

對三人來說，這裡有沒有值得這代價的活動，才是最重要的事。

「──YES！『恩賜遊戲』是只有超越凡人者才能參加的神魔遊戲，黑兔可以保證，箱庭世界必定比外界有趣得多♪」

# 第二章

——地點是箱庭二一〇五三八〇外門，裴利別德大道，噴水廣場前。

在連接箱庭外側和內側的樓梯前方，有一群正在玩耍的小孩。

「仁～仁～仁！黑兔姊姊還沒回到箱庭來嗎～」

「已經等了快兩小時了，好累喔～」

面對紛紛表示不滿的朋友們，仁帶著苦笑開口說道：

「……也對呢，大家可以先回去沒關係，我會留在這裡等新同伴過來。」

以寬鬆長袍和一頭捲髮為特徵的少年——被稱為仁的少年指示跟著他的孩子們先行離開。

「那我們就先回去囉～當領導者雖然很辛苦，不過仁你還是要加油喔～」

「真是的！可以回去的話就早說嘛！我的腳都已經僵得像木頭了！」

「我肚子餓了～可以先吃飯嗎？」

「嗯，不過就算我們比較晚回去也不可以熬夜喔。」

仁和吵吵鬧鬧步上歸途的少年少女們道別後，在石頭砌成的樓梯上坐了下來。大概是因為只剩下自己一個所以閒著沒事做，他開始茫然地觀察起路經外門的行人們。

（雖然聽說最近在箱庭外建立的國家慢慢變多了，但是通往「世界盡頭」的裴利別德大道還是很冷清呢……）

在箱庭世界中，所謂「國家」的定義，就是對「超巨大共同體」的俗稱。雖然箱庭世界裡存在著明確的「世界盡頭」，然而據說這裡的表面積遼闊得足以和恆星匹敵。既然有如此龐大的資源和豐富的土地被棄置著，自然沒有不去開拓的理由。擁有才幹者會聚集人手建立國家，相對地，沒有能力的人們，也開始有許多人離開這個被帷幕覆蓋的箱庭都市另覓地點過活。

龍種、鬼種、幻獸、精靈等的國家即使在箱庭外也建立了大規模的都市。因此失去恩賜的人類會前往箱庭以外的國家重新培育實力，之後再度回到箱庭都市參加「恩賜遊戲」。

（萬一從外界來此的人們能力不足……我們是不是也只能放棄箱庭移住到外面住呢？）

仁抱著對新同伴的期待開始思考。因為沒有實力的共同體不但無法以遊戲主辦者的身分自行舉辦遊戲，也無法參加他人的遊戲並順利闖關。

已經衰退到無法繼續維持集團的程度——這就代表著共同體的滅亡。

仁的共同體現在因為某個原因，除了黑兔外，都是些比他還年幼的成員們。要他們放棄出生成長的土地展開漫無目的的旅行……無論如何，仁都想避免這種結果。

「仁少爺～！人家帶新同伴回來了～！」

仁立刻抬起頭，只見黑兔帶著兩名女性從外門前的道路走向這裡。

「歡迎回來，黑兔。這兩位女性就是新同伴嗎？」

「是呀，這三位──」

黑兔轉過身子。

黑兔僵在原地。

「……咦？怪了？不是還有一個人嗎？那位眼神有點兇惡，口氣非常惡劣，全身都散發出『我是問題兒童！』的男性……」

「喔，妳是說十六夜同學嗎？他講了句『我去看一下世界盡頭長什麼樣子！』就跑掉了。往那方向。」

飛鳥指出的「那個方向」，是他們在四千公尺高空上看到的那片斷崖絕壁。

在路中央目瞪口呆的黑兔倒豎起兔耳質問起兩人：

「為……為什麼兩位沒有阻止他？」

「畢竟他說了『不要阻止我』嘛。」

「那麼，為什麼沒有告訴人家呢！」

「因為他說了『不要告訴黑兔』呀。」

「這是謊話吧！絕對是謊話！實際上兩位只是覺得麻煩而已吧！」

「嗯。」

黑兔無力地往前倒下。她痛恨幾個小時前因為新人才到來而興奮雀躍的自己。

沒想到居然都收到這種問題兒童，說是蓄意整人也太過分了。

和這樣的黑兔相比，仁則一臉蒼白地大叫：

「糟……糟了啊！『世界盡頭』那邊有為了恩賜遊戲而野放的幻獸呀！」

「幻獸？」

「是……是的，就是指擁有恩賜的動物，尤其是『世界盡頭』附近有一些擁有強大恩賜的幻獸。要是不幸碰到，人類絕對無法對付！」

「哎呀，那還真遺憾。意思是他已經 game over 了？」

「在參加之前直接完蛋？……真是嶄新？」

「現在不是開玩笑的時候！」

雖然仁拚命說明著情況的嚴重性，然而兩人即使受到斥責也只是聳聳肩膀。

黑兔嘆著氣站了起來。

「唉……仁少爺，雖然過意不去，但可以麻煩您幫兩位小姐介紹嗎？」

「我知道了，黑兔妳要怎麼辦？」

「人家會負責抓住問題兒童。順便趁此機會——讓他打從骨髓裡後悔自己做出這種……把這個被尊稱為『箱庭貴族』的兔子當傻瓜耍的行為！」

從悲傷中振作起來的黑兔全身散發出憤怒的鬥氣，黑亮的髮色也逐漸轉換成淡紅色。她朝外門方向往空中高高跳起，並踩著外門旁的一尊尊雕像往上跳去，最後水平站上外門的柱子。

「人家差不多一刻鐘後會回來！還請各位悠哉享受箱庭都市的生活！」

黑兔甩動著那頭淡紅色的頭髮，她踩在腳下的門柱則產生了龜裂。全力跳躍的黑兔如同子彈般往前飛去，很快就從三人的視線範圍內消失。

久遠飛鳥壓著頭像是想保護頭髮不受突然刮起的狂風傷害，喃喃說道：

「……箱庭的兔子跳得真快，讓人不得不佩服。」

「兔子們是箱庭創始者的眷屬。除了力量以及各種恩賜以外，還是擁有其他特殊權限的尊貴物種。只要不是遇上太誇張的幻獸，我想她應該都沒問題……」

是嗎？飛鳥心不在焉地應了一聲，轉身再度面對看起來依然滿臉擔心的仁，開口說道：

「既然黑兔也說了請我們享受箱庭生活，那就恭敬不如從命，先進去箱庭裡吧？你會負責擔任護花使者嗎？」

「咦？啊，是的，我是擔任共同體領導者的仁・拉塞爾。雖然是個剛滿十一歲的年輕小輩，但還請多多指教。兩位大名是？」

「我是久遠飛鳥，那邊那位抱著貓咪的是……」

「春日部耀。」

仁很有禮貌地介紹自己，飛鳥與耀也效法他行了一個禮。

「好啦，那我們就進去箱庭裡吧。首先……是了，如果可以讓我們邊嚐點簡單的食物邊聊聊那就更好了。」

飛鳥握起仁的手，露出似乎會讓人心情振奮的笑容，穿過了箱庭的外門。

＊

——箱庭二一〇五三八〇外門，內壁。

飛鳥、耀、仁和三毛貓這三人一貓的組合走過石頭鋪成的道路來到箱庭的帷幕下方後，耀眼的光芒照射到三人一貓的頭上。三毛貓望著遠方聳立著的巨大建築物和覆蓋天空的帷幕說：

「小……小姐！明明我們從外面來到了帷幕下方，卻還是可以看到太陽公公耶！」

「……真的呢，明明在外面時看不到箱庭的內部。」

從上空看向覆蓋著都市的帷幕時，他們並無法看見箱庭內部的街景。然而都市的空中卻可以看到太陽的身影。眾人看著高聳入天的巨大都市，狐疑地歪了歪頭。

「只要進入內部，覆蓋著箱庭的帷幕就會變成透明狀態。因為那個巨大帷幕原本就是為了不能被太陽光直接照射到的種族們而設置的東西。」

正在抬頭仰望青空的飛鳥聞言挑起一邊眉毛，以諷刺的語氣說道：

「真是讓人介意的發言，難道這都市裡也住著吸血鬼嗎？」

「咦？是呀。」

「……是嗎？」

久遠飛鳥露出了心境似乎相當複雜的表情。雖然她不清楚實際存在的吸血鬼有著何種生態，但實在不覺得那是可以和人類共同居住在同個一城市裡的物種。

三毛貓從耀的懷裡溜了下來，感嘆地張望著噴水廣場。

「不過呀，這裡的空氣和老頭子我知道的人類聚落顯著不同呢，就像是深山裡的晨霧消散時那麼清澄。妳看，那個噴水池的雕像造型也極具藝術感！小姐的父親看到一定很開心吧。」

「嗯，是呀。」

「咦？妳說什麼？」

「……沒什麼。」

耀回話的語氣跟和三毛貓說話時的溫柔聲音可說是天差地別。

飛鳥也沒有繼續追究，而是把視線朝向眼前熱鬧的噴水廣場。噴水池附近有好幾間散發出潔白清潔感的時尚咖啡座。

「有沒有什麼推薦的店家呢？」

「呃……不好意思，原本預定都由黑兔來安排……方便的話請選擇您喜歡的店家。」

「還真是慷慨呢。」

三人一貓來到附近一間掛著「六道傷痕」旗幟的咖啡座。

有個貓耳少女為了幫他們點餐從店內迅速衝了出來。

「歡迎光臨～幾位要點什麼呢？」

「呃……兩壺紅茶一壺綠茶，還有吃的要這個和這個。」

「老頭子我要貓飯！」

「好的好的～三套茶組和一份貓飯。」

……嗯？飛鳥和仁一臉不解地歪了歪頭，然而比他們更驚訝的是春日部耀。她以彷彿看到什麼不可置信的人物的眼神，對著貓耳店員發問：

「妳聽得懂三毛貓的話嗎？」

「那當然呀～因為我是貓族嘛。這位大爺這把年紀了毛色還這麼漂亮，這裡就請讓我提供一點小小的特別服務吧！」

「這位大姊的貓耳和麒麟尾也很可愛呢，下次有機會的話請讓老頭子我輕輕咬一咬吧。」

「哎呀～客人您真會說話♪」

貓耳女孩甩著長長的麒麟尾回到店內。

目送她背影離開的耀開心地笑了起來，伸手摸摸三毛貓。

「……箱庭真是了不起呢，三毛貓。居然除了我以外，還有別人能聽懂你的話。」

「真是來對了呢，小姐。」

「等……等一下，妳該不會可以和貓對話吧？」

聽到飛鳥以難得動搖的語氣發問，耀點點頭回應。仁也以充滿興趣的態度繼續提出問題：

「難道連貓咪以外的動物也可以溝通嗎？」

「嗯，只要是活著的生物，都可以對話。」

「真了不起。那，妳也可以和那邊飛來飛去的野鳥們對話囉？」

「嗯，一定可以……吧？呃，鳥類之中我只和麻雀、鷺鷥和杜鵑這些說過話……不過既然跟企鵝也能溝通，所以應該也沒問……」

「企鵝！」

「嗯……是呀，是在水族館認識的，其他還有海豚也是我的朋友。」

耀還沒講完，飛鳥和仁就出聲打斷了她的發言。

兩人感到驚訝的點是針對同一件事情。如果是在空中飛翔的野鳥，那的確有很多碰到的機會，然而他們應該沒想到會有和企鵝對話的機會吧。

「如……如果能和所有物種對話，那還真是可靠的恩賜呢。因為在這個箱庭中，和幻獸之間因語言形成的障礙可說是非常難以突破。」

「是這樣嗎？」

「嗯，如果和某些貓族或兔族一樣，成為神佛眷屬並被賜予了語言中樞，那麼還有可能彼此溝通，然而幻獸們本身就是獨立的一個物種。一般來說，除非是同一物種或擁有相同水準的恩賜，否則聽說相當難以溝通交流。即是是身為箱庭創始者眷屬的黑兔，應該也無法和所有的物種對話吧。」

「是嗎……春日部同學擁有很美好的力量呢，真讓人羨慕。」

看到仁對著自己笑，耀只是很困惑地搔著頭。相較之下飛鳥則以憂鬱的語氣和表情喃喃發表意見。雖然耀和飛鳥不過才認識幾個小時，但她仍然覺得這個表情很不符合飛鳥的風格。

「久遠同學呢？」

「叫我飛鳥就好，請多指教呀，春日部同學。」

「啊……嗯，那飛鳥妳擁有怎樣的力量？」

「我？我的力量……嗯，是個很糟糕的東西。因為……」

「哎～呀？我還以為是誰呢，原來是東部區域最低層次的共同體『無名阿土』的領導者，仁小弟不是嗎？今天負責擔任保母的黑兔沒有和你一起嗎？」

這時，有個裝模作樣的粗魯聲音對著仁喊話，回頭一看，只見到一個硬把超過兩公尺的龐大身軀塞進貼身晚禮服裡的奇怪男子。雖然不情願……真的非常不情願，但是仁的確認識這個怪人。

仁皺著眉頭回應這名男子：

「我們的共同體叫做『No Name』，『Fores Garo』的賈爾德．蓋斯帕。」

「閉嘴，無名小子。聽說你們找來了新的人才？明明可稱為共同體榮譽的名號和旗幟都被奪走了，虧你還有臉這麼不甘心地讓共同體繼續下去——兩位小姐是否同意呢？」

這名身穿超貼身晚禮服，被喚作賈爾德的壯漢走到三人同桌的空位，一屁股用力坐下。雖然他對飛鳥和耀露出討好的笑容，兩人卻以冷漠態度對應他的無禮行徑。

「恕我直言，如果想和我們同桌，是否應該先報上名號並打個招呼才合乎禮儀呢？」
「喔，抱歉。我隸屬在箱庭上層占有一席之地的共同體『六百六十六之獸』旗下。」
「烏合之眾的……」
「共同體領導人……喂！等等！誰是烏合之眾！小鬼！」
被仁插嘴之後，賈爾德的臉孔隨著怒吼聲產生了劇烈變化。他的嘴巴大大裂開到耳邊，那如同肉食動物般的利牙和憤憤往前瞪視的雙眼伴隨著強烈的怒氣朝向仁。
「小鬼，講話小心點……就算是以紳士自居的我也有不能裝作沒聽到的發言喔……？」
「如果你還是森林的守護者，我就會以應有的禮儀對應。不過現在的你看起來只是在這個二一〇五三八〇外門附近胡作非為的野獸。」
「哼！講這種話的你跟執著於過往榮華的亡靈有什麼兩樣！到底明不明白自己的共同體現在處於什麼狀況？」
「好，暫停一下。」
這時飛鳥舉起手來，像是要阻擋劍拔弩張的兩人。
「雖然我不了解內情，但看得出來兩位相當交惡。基於這個前提，我想要問個問題——」
飛鳥以凌厲的眼神一瞪，不過她的對象並不是賈爾德．蓋斯帕。
「我說，仁弟弟。可以請你說明一下剛才賈爾德先生特別指出的……我們的共同體的狀況嗎？」

「這……這個……」

仁一時不知該如何回答。同時他察覺到自己犯下很嚴重的錯誤，也就是不該和黑兔私底下講好要隱瞞這件事。飛鳥沒有放過他的動搖，繼續追擊：

「你稱呼自己為共同體的領導者。那麼你應該就和黑兔一樣，有義務向被召喚來成為新成員的我們說明共同體到底是什麼狀況吧？難道不是嗎？」

追究的語氣雖然平靜，卻宛如利刃尖銳地指責著仁。

一旁看著的賈爾德・蓋斯帕將獸臉恢復成人形，以別有含意的笑容裝模作樣地說：

「這位淑女，妳說的對。以共同體之長的身分來為新同伴說明箱庭世界的規則，的確是當然的義務。不過他肯定不想做這件事情吧。如果兩位願意的話，請讓身為『Fores Garo』領導者的我，客觀地為兩位說明共同體的重要性，以及這個小鬼──呃，我是指仁・拉塞爾所率領的共同體『No Name』的現況。」

飛鳥以詫異的表情看了仁一眼，然而仁只是低著頭繼續保持沉默。

「……嗯，那就麻煩你了。」

「了解。那麼首先，共同體就如同字面上所示，是由複數成員建立的組織總稱。至於定義應該會因物種相異而各有不同吧。例如對人類來說，可以根據共同體大小來代換成家庭、組織或是國家，對幻獸則可稱之為『群體』。」

「這部分我懂。」

「是，我只是想確認一下。而共同體進行活動必須向箱庭提出『名號』和『旗幟』。尤其『旗幟』是用來彰顯共同體勢力範圍的重要之物，妳看這家店也掛著一面巨大的旗幟吧？就是那個。」

賈爾德指著咖啡座入口掛著的「六道傷痕」旗幟。

「描繪著六道傷痕的那面旗幟，顯示出這裡是經營此店的共同體勢力範圍。如果想要擴展自己的共同體，只要對那面旗幟的共同體提出雙方同意的『恩賜遊戲』即可。我的共同體實際上也是靠著這種方法一步步壯大。」

賈爾德．蓋斯帕得意洋洋地說著，並指了指標示在超貼身晚禮服上的旗幟。

他的胸前，有著以老虎花紋為主題的刺繡。

耀和飛鳥張望了一下周遭，發現廣場周圍的商店和建築物上也裝飾著相同的圖案。

「既然那個圖案代表勢力範圍……意思就是這附近幾乎都在你的共同體支配下？」

「沒錯，很遺憾這間店的共同體根據地位於南部區域，因此我方無法出手。然而在這個二一〇五三八〇外門附近，能夠活動的中等共同體全都在我的支配下。剩下的只有根據地位於其他區域或上層的共同體，還有——根本不值得奪取的無名共同體而已。」

賈爾德露出不懷好意的笑容。仁依然把臉別開，用力抓著長袍。

「那麼，接下來就聊聊淑女們所屬共同體的問題。實際上兩位所屬的共同體——在數年前，是這個東部區域勢力最龐大的共同體。」

「喔？真讓人意外。」

「話雖如此，不過那時的領導者是另一個人，據說是個仁小弟根本無法與其相比的優秀男子。因為他們當時似乎是個在恩賜遊戲上保持了人類最高戰績的東部區域最強共同體。」

賈爾德換上興趣缺缺的語氣說明。對於維持著目前這一帶最大規模共同體的他來說，這些都是讓他打心底感到不重要的事情吧。

「他在區分為東西南北的這個箱庭中，除了東側，也和南北的主軸共同體有著深厚交情。雖然我出於本能地看仁這小子不順眼，不過這還真的很了不起！畢竟一個能獲得南部區域幻獸王等級和北部區域惡鬼羅剎承認，還擠入箱庭上層的共同體，的確厲害得讓人超越嫉妒轉而尊敬它呢──不過這都是前任時的事情啦。」

「…………」

「在『人類』設立的共同體之中，這個共同體創造出許多可以被稱之為壯舉的繁華。然而！……他們卻被絕對不可與之為敵的玩意給盯上了。之後他們就被迫參加恩賜遊戲，僅僅一個晚上就慘遭消滅……在這個受到『恩賜遊戲』支配的箱庭世界中最恐怖的天災肆虐之下。」

「天災？」

飛鳥和耀同時反問。毀滅如此龐大組織的居然是單純的天災？未免太令人覺得不自然了。

「這並不是譬喻喔，兩位淑女。他們是箱庭裡唯一且最龐大又最恐怖的天災──也就是一般被稱為『魔王』的傢伙們。」

＊

「啊～真是的！他到底跑哪裡去了！」

黑兔開始尋找逆迴十六夜之後，很快地已經過了半刻鐘。

如果從四千公尺的高空往下看，或許會讓人覺得這段距離似乎不算什麼，然而從他們三人掉落的湖邊通往「世界盡頭」的道路，其實卻有著非常誇張的距離。

加上途中還必須橫越森林，因此黑兔並不認為十六夜才第一次挑戰就能順利抵達目的地。

（而且這一帶被特定的神佛當作遊戲版圖，萬一被他們巧妙煽動而參加遊戲的話……！）

他可能面臨的危險越來越多。不斷累積的焦躁讓黑兔想加快腳步，卻因為從周圍森林傳出的詭異低語聲而停了下來。

「……是兔子。」「兔子來了。」「居然有『月兔』來到這個邊境！」「正如那小子所說。」「要阻擋她嗎？」「要挑戰嗎？」「以『月兔』為對手？」「不過要用什麼當賭注？」「力量嗎？」「智慧嗎？」「或者是勇氣？」「別傻了，無論哪一種都沒有勝算！」

兔子是被稱為「箱庭貴族」的尊貴物種。森林中的魑魅魍魎大概都為了要親眼瞧瞧這個總數不多加上難得有機會離開箱庭都市的珍貴兔子，而紛紛聚集至此了吧。

「啊～各位森林中的賢者。雖然這個問題很唐突，不過各位是否知道經過這條路的人呢？如果方便的話，能不能為在下指示一下正確方向？」

「……」、「……」、「…………」

「妳願意的話，就讓我來帶路吧，黑兔小姐。」

這時草叢中傳出和魑魅魍魎不同的沉靜話聲與蹄音。最後出現了一隻擁有亮麗毛色的藍白色身軀，額頭上還長著角的馬——也就是被稱為獨角獸的幻獸。

「獨……獨角獸！這還真是罕見的稀客！共同體『獨角』應該是在南側才對呀？」

「我才覺得見到了稀客，還以為只有在共同體舉辦官方遊戲時，才有機會在箱庭東側看到兔子——那麼互相刺探的行為就到此為止吧。如果妳正在尋找的少年正如我所想，那麼妳就和我的目標方向一致。因為根據森林中的居民表示，他似乎向水神的眷屬提出了挑戰。」

「嗚啊。」

黑兔感到一陣暈眩，就這樣屈膝跪在地上。

被稱為「世界盡頭」的斷崖絕壁上，有著把箱庭世界分成八塊的大河終點——托力突尼斯大瀑布。目前住在那附近的水神眷屬，就只有龍或是蛇神之類。

「真的是……真的是……為什麼會碰上這種問題兒童……」

「現在沒空坐著哭泣，如果那少年是妳認識的人，那麼最好快點。這裡的水神舉辦的遊戲很講求適性，現在趕去或許還來得及，快坐到我背上吧。」

「好……好的——哇哇！」

正當黑兔要跨上獨角獸的背部時。

突然一陣足以震撼大地的地鳴聲傳遍了森林。黑兔立刻抬眼望向大河的方向，只見遠方出現了好幾道用肉眼也能夠辨識的巨大水柱。

那是一般的遊戲不可能發生的現象。

「……對不起，看來人家還是隻身過去比較好。」

「唔……要讓少女一人前往險地讓我相當不情願……但即使是我也不夠格嗎？」

「是的，萬一有臨時狀況，說不定人家無法保護你。而且雖然很不好意思，但比起奔馳速度，也是人家比較快。」

獨角獸帶著苦笑退後幾步。

「小心點，也代我向妳的問題兒童打聲招呼。」

黑兔點點頭，繼續帶著緊張表情朝托力突尼斯大河跑去。

轉眼間她的身影已經飄然遠去。她的速度比風還快，讓周遭樹木都隨之彎曲，化成一道光穿越了森林。

僅僅幾秒後，她就通過森林來到大河的岸邊，視野也拓展了開來。

「應該是在這一帶……」

「咦？妳是黑兔嗎？妳頭髮的顏色是怎麼回事？」

背後傳來那可恨問題兒童的聲音，十六夜似乎平安無事。

黑兔胸中湧上一股安心感……才怪。被十六夜耍得團團轉的她已經瀕臨極限了，她帶著彷彿能直沖天際的怒氣，使勁回過身子。

「真是的！到底想跑到哪裡去呢！」

「我是想跑到『世界盡頭』呀。好啦，不要那麼生氣嘛？」

十六夜那讓人恨得牙癢的笑容依然健在。看來根本不需要為他擔心，他毫髮無傷。如果真要說他和半刻鐘前有什麼不同，頂多也只是比剛摔進這世界裡時又吸收了更多水分吧。

「不過妳這雙腿還真不錯，雖說我只是玩玩而已，沒想到居然這麼快就被妳追上。」

「唔！這當然！人家可是被歌頌為『箱庭貴族』的尊貴物種，這樣的黑兔我……」

咦？講到這邊，黑兔歪著頭思考了一下。

（人家……花了半刻鐘以上的時間，也沒追上……？）

雖然已經提過好幾次了，但黑兔乃是箱庭世界創始者的眷屬。

她奔馳的速度快過疾風，力量強大到即使是一般的修羅神佛也無法出手干涉。

不管是之前能在黑兔沒察覺的情況下溜走，還是讓黑兔遲遲無法追上的現狀，仔細回想起來，這體能都強大得不像個人類。

「算……算了！先不討論這個！總之十六夜先生平安無事真是太好了。聽說您去挑戰水神的遊戲，真是讓人家嚇得膽顫心驚。」

「水神？——喔，妳是指那個嗎？」

咦？黑兔身子一僵。十六夜指出了一個隱約浮在水面上的白色長條形物體。在黑兔理解那是什麼東西之前，那個龐大身軀就抬起頭來，開口說話：

「考驗……考驗可還沒結束吶！小子！」

十六夜指出的那個東西——是一隻軀幹龐大到長度超過三十尺的大蛇。根本沒有必要懷疑牠是什麼身分吧，顯然是掌管這一帶的水神眷屬。

「蛇神……！十六夜先生，您做了什麼事情才讓牠氣成這樣！」

十六夜一邊大笑一邊解釋來龍去脈：

「因為牠擺出一副臭屁樣，以一副居高臨下的態度跟我講什麼『選個考驗』之類的非凡發言嘛，所以我就測試看看牠到底有沒有資格考驗我。不過結果很遺憾還是個不夠力的傢伙。」

「你這混帳……不要太得意忘形！人類！我怎麼會因為這點程度而被打倒！」

蛇神發出刺耳的咆哮，露出尖牙與兇狠的眼神，刮起的旋風帶起水柱繼續往上攀升。

黑兔看了一下周遭，才發現四處都是扭曲折斷的樹木，看來都是戰鬥造成的痕跡。要是被那道水流捲入，人類的身軀肯定會被無情地撕裂成碎片。

「十六夜先生！請退下！」

黑兔想要挺身保護十六夜，十六夜的銳利視線卻阻止著她。

「講什麼鬼話，該退下的人是妳吧？黑兔。這是由我發出，那傢伙接下的戰帖。要是妳敢出手，我就先把妳打爆！」

語調裡帶著認真的殺氣。黑兔也注意到自己不能出手干涉已經開始的遊戲，只能不甘心地咬牙。聽到十六夜的發言，蛇神呼著粗氣回應：

「看在你這份氣魄上，只要你能撐住這一擊，我就承認你獲勝。」

「夢話等睡覺再說！所謂決鬥不是分出勝者就能結束，而是要定出敗者之後才會結束！」

不需要再費心確認，勝者已然決定。

聽到這傲慢到極點的發言，黑兔和蛇神都不由得目瞪口呆。

「哼──那句蠢話就是你的最後遺言！」

河水呼應著蛇神的怒吼，掀起了如狂風般的波浪。宛如龍捲風般旋轉著的水柱上升到比蛇神身軀還要高出一大截的位置，將數百噸的河水吸上天空。

這些旋轉的水柱總共有三根，各自都發出了如同生物的咆哮，像蛇般扭動襲向十六夜。

這份力量正是有時能呼風喚雨，有時甚至還能破壞生態系的「神格」恩賜擁有者的實力。

「十六夜先生！」

黑兔大叫著，然而為時已晚。

旋轉著的水柱掏空岸邊、扭斷樹木，並把十六夜的身體吞進激流之中──！

「──哼──有什麼好囂張！」

這時突然產生了一個超越暴風雨的暴力漩渦。

被捲進旋轉激流中的十六夜，不過揮動一下手臂，就掃滅了暴風雨。

「騙人的吧！」

「怎麼可能！」

現場響起兩道充滿驚愕的喊聲。那已經是遠遠超越人類智慧的力量。蛇神因為使出全力的一擊被彈開而茫然自失，十六夜卻沒有放過這個機會。帶著兇猛笑容著陸的十六夜開口說道：

「嗯，你這傢伙也還算不錯啦。」

接著就響起彷彿要踩碎大地的爆炸聲。跳向蛇神胸前的十六夜朝著牠的身軀踢出一腳，蛇神的巨大身體高高飛上半空後摔進了河裡。這個衝擊造成河川氾濫，洪水淹過了森林。

再度全身溼透的十六夜以似乎有點尷尬的表情回到岸邊。

「可惡，今天整天都在泡水。喂，黑兔，妳至少會出送洗費用吧？」

十六夜這句像是在說笑的發言並沒有傳進黑兔的耳朵裡。

她的腦袋已經整個錯亂，根本沒餘力顧及這些。

（人類……打倒了神格？而且還是靠著單純的腕力？這也太亂七八糟了——！）

這時黑兔突然想起，把能召喚他們的恩賜送給自己的主辦者說過……

「毫無疑問——他們三人是在人類中，最高等級的『恩賜』擁有者喔，黑兔。」

黑兔認為那只不過是客套話而已。雖然對方值得信任，然而就連把這句話轉述給仁聽的黑

兔本身，都對「主辦者」的發言感到半信半疑。

（真不敢相信……可是，如果他們真的擁有最高等級的恩賜……！或許重建我們共同體的願望真的可以不再只是個夢想！）

黑兔無法抑制內心的興奮情緒，感覺到自己的心跳正在加快。

「喂，妳怎麼了？再呆下去我就要揉妳的胸部跟腳了喔？」

「咦？哇啊！」

移動到黑兔背後的十六夜把一隻手從黑兔的腋下伸向那豐滿的胸部，另一隻手則沿著迷你裙和吊帶襪之間往內側探，就像要摟住她的大腿。黑兔嚇得忘記剛才的感動，趕緊推開十六夜往後跳開大喊：

「這……這……笨……你是笨蛋嗎？想要傷害人家保護了兩百年的貞操嗎！」

「保護了兩百年的貞操？嗚喔！我超級想傷害！」

「你是笨蛋嗎？不，你的確是個笨蛋！」

黑兔把疑問句換成肯定句痛罵十六夜。

兔族基本上是一種姿色端麗、天真爛漫、堅強不屈而且還充滿犧牲奉獻精神，簡直像哪個人把對可愛寵物的喜好全都灌進去的種族。也因此，針對她襲擊的惡徒可說是多如繁星。

話雖如此，黑兔從沒碰過距離近到彼此身體即將接觸，自己卻還來不及反應的對手；更不用說當然也沒有遇過這種差點讓他成功從腋下伸手摸到自己胸部的笨蛋……更正，變態。

「算了，現在就先不管這件事吧，留著當之後的樂趣。」

「是……是這樣嗎？」

哇哈哈笑著的期待新星或許是黑兔的天敵，她一瞬間把眼神飄向遠方。

「話……話說回來，十六夜先生要拿那位蛇神大人怎麼辦呢？或者該說牠還活著嗎？」

「我沒有取牠性命啦。雖然對戰很好玩，不過痛下殺手就沒什麼特別有趣的地方了。只要看過『世界盡頭』的瀑布，我就會回箱庭。」

「那麼至少要領走恩賜吧。無論遊戲內容如何，十六夜先生都是贏家。我想蛇神大人也不會抱怨什麼。」

「啥？」

十六夜以詫異的表情回望黑兔，黑兔這下才以猛然想起的樣子開始補充說明：

「和神佛進行恩賜遊戲時，基本上可以從三種競爭項目中選擇一個。最一般的就是『力量』、『智慧』、和『勇氣』。通常進行力量競爭的遊戲時，會準備適合的對手……不過十六夜先生已經打倒蛇神大人本身了嘛，我想一定可以拿到很棒的獎品。這樣我們的共同體也能夠比現在更具備實力了♪」

黑兔踩著近似小跳步的步伐靠近大蛇。

然而十六夜卻以不高興的表情擋在黑兔面前。

「──」

「怎……怎麼了？十六夜先生。看您露出這麼可怕的表情，是不是有什麼不滿？」

「……也不是。妳說的很對，從恩賜遊戲的角度來看，勝者從敗者手上取走什麼的確是正當的行為，我對這點沒有什麼不滿——不過，黑兔。」

講到這裡，十六夜那輕浮的語氣和表情突然完全消失，令黑兔的表情也跟著僵硬了起來。

「妳這傢伙，一直瞞著我們什麼關鍵的重點吧？」

「……您是指什麼呢？人家已經保證會回答關於箱庭的問題，還有遊戲的事也是。」

「不對，我想問的是你們的情況——算了，我問重點。你們……為什麼必須召喚我們？」

雖然沒有表現在臉上，但黑兔實際上卻嚴重動搖。

因為十六夜的質問就是黑兔刻意隱瞞的事情。

「那個……正如人家之前所說，是為了讓十六夜先生等人能過得有趣又開心……」

「喔，是啦。我一開始也以為是基於單純的好意，或是哪個不認識的傢伙一時興起才會把我們叫來這裡。反正我正在舉行大受好評的『空閒』跳樓大拍賣，看另外兩個沒有提出異議的樣子，也應該有各自前來箱庭的理由吧？所以我並不是那麼在意妳有什麼隱情——不過該怎麼講，我總覺得妳看起來很拚命。」

這時，黑兔第一次露出動搖的表情。

她的眼神不安地漂移著，表現出事出突然猝不及防的態度，回望著十六夜。

「這只是我的直覺，不過我猜，你們的共同體應該是個弱小隊伍，不然就是因為某種原因而沒落吧？所以才會為了強化組織而召喚我們。如果這樣推論，那麼妳剛剛的行動還有我拒絕加入共同體時認真發怒的反應，都可以獲得合理的解釋——怎樣？一百分滿分吧？」

「嗚……！」

黑兔在內心狠狠咂舌。在目前這個時間點被他看穿這些內幕實在是非常嚴重的損失。畢竟他是千辛萬苦才召喚出的超級戰力，無論如何都要避免必須放手讓他離開的情況。

「所以啦，關於妳隱瞞這事實的行為……讓我可以判斷出我們還有選擇其他共同體的權利，這個判斷對不對呀？」

「……………」

「不回答就代表默認了。為什麼不說話，黑兔？這種情況下即使妳保持沉默也只會讓狀況更加惡化而已喔？或者是即使我跑去別的共同體也沒關係？」

「不……不行！不對……請等一下！」

「所以我不是正在等嗎？好啦，快點全部老實招來。」

十六夜在岸邊一顆大小適中的石頭上坐了下來，擺出願意傾聽的態度。然而對黑兔來說，講出共同體目前狀況帶來的風險未免太高。

（要是他在已經承諾要加入共同體之後才發覺這件事就好了……！）

在取得加入承諾之後，即使他得知共同體的狀況，也無法輕易退出。

黑兔原本想讓他們一步步幫忙重建共同體……然而不管是黑兔還是仁的籤運都太差了，對方可是世界首屈一指的問題兒童集團。

「算了，如果妳不說也可以不必說，只是我會乾脆地去加入其他共同體而已。」

「……如果人家說的話，您就願意協助我們了嗎？」

「嗯，如果有趣的話啦。」

雖然十六夜嘴上在笑，但他的眼裡果然還是沒有笑意。黑兔終於發現自己看走眼了，和另外兩個只是隨便聽聽自己說什麼的少女不同，這個看起來很輕浮的少年卻以認真的眼光來評定著「箱庭世界」。

「……明白了，那麼人家也該下定決心，努力把我們共同體的慘狀講得愉快又有趣吧。」

黑兔嗯哼咳了一聲，內心幾乎已經自暴自棄了。

「首先，我們的共同體沒有能夠拿來自稱的『名號』，因此被別人提到時，就會被當成無名的其他諸如此類——以『No Name』這種輕蔑的名稱來稱呼。」

「喔……被當成其他諸如此類啊。還有呢？」

「其次，我們也沒有等於共同體榮譽的旗幟，而這個叫做旗幟的東西，背負著顯示共同體勢力範圍的重要任務。」

「喔？然後？」

「除了『名號』和『旗幟』之外，最致命的是……連構成共同體核心的同伴也全都沒留下。如果講得更白一點，就是在一百二十二人中，只有人家和仁少爺擁有足以參加遊戲的恩賜，其他成員都是十歲以下的小孩喔！」

「已經走投無路了呢！」

「是呀♪」

黑兔笑了幾聲回應十六夜的冷靜發言後，垂頭喪氣地屈膝跪下。一旦把這些情形實際講出口，就讓她不由得感到自己的共同體的確已經面臨末路了。

「那，為什麼會變成現在這樣？你們的共同體在開托兒所嗎？」

黑兔憂鬱地搖搖頭。

「不，他們的雙親也全部被奪走了。被襲擊箱庭的最大天災——『魔王』奪走了。」

「魔王」——一聽到這個名詞，原本都只是隨便應話的十六夜第一次主動開口：

「魔……魔王？」

他的眼睛就像是小孩看到櫥窗裡擺了新玩具時那樣閃閃發亮。

「魔王！那是什麼？魔王聽起來超帥的！箱庭裡有被命名為魔王這種美妙名字的傢伙在嗎？」

「呃……是呀，不過我想和十六夜先生想像的魔王有些差異……」

「是嗎？不過既然自稱魔王，那應該是那種強大兇惡，即使我拿出全力打爆他們似乎也不會被任何人責備，既厲害又大膽的卑劣傢伙吧？」

「也……也是啦……如果能打倒魔王，的確有可能獲得來自多方的感謝。而且只要打倒魔王，根據條件，也有可能讓對方隸屬於自己旗下。」

「喔？」

「魔王是指擁有名為『主辦者權限』這種箱庭特權的修羅神佛，萬一他們主動挑起恩賜遊戲，無論是誰都無法拒絕。我們就是因為被迫參加了擁有『主辦者權限』的魔王所舉辦的遊戲，我們的共同體才會……失去所有以『共同體』這單位來活動時必須的一切人事物。」

這段話也不是比喻。黑兔他們共同體原有的地位和名譽以及同伴全部都被剝奪了，剩下的只有處處都成了空地的廢墟和孩子們。

然而十六夜並沒有表現出同情的態度，只是在岩石上換了個翹腳的姿勢。

「不過沒名號也沒旗幟的確很不方便呢，特別是無法主張勢力範圍的確是很大的損失。不能乾脆做個新的嗎？」

「這……這個嘛……」

黑兔吞吞吐吐地把雙手放到胸前。十六夜的評論非常正確，沒有名號也沒有旗幟的共同體無法宣揚自身的榮耀，也無法累積名號的信用。在這個箱庭的世界裡，一個組織要是沒有名號和旗幟，就不可能獲得周遭的認同。

正因為如此，黑兔他們才會把希望寄託在「從異世界召喚同伴」這個最後的手段上。

「的……的確可能，只是一旦改名，就代表共同體完全解散。這樣是不行的！因為我們最大的希望……就是想守住能讓同伴們回來的『家』……！」

想要守護能讓夥伴們回來的歸處——黑兔第一次講出了這種毫無掩飾的真心話。

為了替那些因為和「魔王」進行遊戲而消失的同伴們守住歸處，即使會遭到周遭輕視，他們依然發誓要守護共同體。

「這是一條充滿荊棘的道路，但是我們想要一邊守著能讓同伴們回來的歸處，也同時努力重建共同體……總有一天，要取回共同體的名號和旗幟並重新發揚光大。為了達到這個目標，只能拜託十六夜先生您這種擁有強大力量的參賽者。能不能請您把那份強大的力量借給我們的共同體呢……？」

「……喔，想從魔王手上奪回同伴和名譽啊……」

黑兔深深彎腰，誠摯地懇求著，然而十六夜只是以冷淡的語氣回應這拚命的表白。看他的態度，實在不像是認真在傾聽黑兔的發言。黑兔頹喪地垂下肩膀露出泫然欲泣的表情。

（如果在這邊被拒絕……我們的共同體就……！）

黑兔用力咬緊嘴唇。早知道會因為這樣而後悔，還不如一開始就老實全盤托出。

至於重點當事人的十六夜只是懶懶地又換了個翹腳姿勢，沉默了整整三分鐘之後。

「不錯嘛，那種決心。」

「————……啊？」

「啊什麼啊？我都說了我願意幫忙，妳該表現出更高興的樣子吧，黑兔？」

十六夜不太高興地這樣說道。呆站在原地不動的黑兔忍不住又重新問了兩、三次。

「呃……咦？咦咦？剛剛的氣氛，是會演變成這種結果的氣氛嗎？」

「就是這種氣氛。還是你們不需要我？要是妳敢講什麼沒禮貌的話，我真的會去別的地方喔？」

「咦……不行不行！絕對不行！我們非常需要十六夜先生！」

「很好，很老實。好啦，趕快去叫醒那隻蛇領取恩賜吧。拿到之後就來去看看河川終點的瀑布和『世界盡頭』吧。」

「啊……是的！」

黑兔開開心心地跳到蛇神身上，接著移動到牠下巴附近。十六夜站在遠方望著他們似乎在討論什麼的樣子，不久之後立刻出現一道逐漸往周圍擴散的藍色光芒。

等到光源從蛇神頭上轉移到黑兔手上之後，她猛地一跳回到十六夜面前。

「呀～呀～呀～♪請看！居然拿到這麼大的水樹苗！只要有這個，我們就不必和其他共同體買水了！真是幫了大家很大的忙！」

呀喝～♪黑兔一邊發出奇妙的叫聲，一邊蹦蹦跳跳地抱著那棵叫「水樹」的樹苗猛轉圈。

雖然十六夜並不清楚共同體和箱庭的情況，不過對黑兔來說，那似乎是很重要的東西。

「看妳這麼高興是很好啦，不過我可以問個問題嗎？」

「請說請說！現在別說是一個問題，就算是三個四個人家也什麼都願意回答喔～♪」

「還真大『肚』啊。」

「你說誰是大肚！」

黑兔一下開心一下生氣，實在很忙。

「嗯，反正是個不怎麼重要的問題。只是既然妳那麼想要那東西，為什麼不自己去挑戰那隻蛇？在我眼裡，妳看起來強得多了。」

喔？黑兔先露出了有些訝異的反應，才立刻換上冷靜的眼神。

「喔…………原來是這件事情嗎？原因就是出在兔族被稱為『箱庭貴族』的這一點上面。兔子們可以擁有和『主辦者權限』一樣也是特權的『審判權限』。當擁有『審判權限』的人物擔任遊戲的裁判時，參賽雙方就絕對無法違反恩賜遊戲的規則…………不，正確的說法是，會當場判定違反者落敗。」

「喔？這不是很棒的條件嗎？換句話說只要和兔子合謀就能在恩賜遊戲裡保持不敗了？」

「所以說不是那樣，而是違反規則＝落敗。兔子的耳朵和眼睛與箱庭的中樞相連，也就是說，能夠在和兔子們的意志無關的情況下定出輸家，並選出籌碼。如果這樣還想要強制影響判決……」

「強制影響的話？」

「兔子會炸死。」

「會被炸死啊？」

「而且會非常盛大地炸掉。要擁有『審判權限』，代價就是必須受到幾個『制約』限制。

第一，從擔任恩賜遊戲裁判當天開始計算，十五天內都不可以參加遊戲。
第二，必須先獲得「主辦者」的許可才能參加。
第三，不能參加在箱庭外舉行的遊戲。
——雖然還有其他原因，不過人家無法挑戰蛇神大人的主要原因就是這三點。而且人家的審判工作是共同體唯一的收入來源，因此參加共同體遊戲的機會自然也不多。」
「原來如此啊。原來是張雖有實力卻不能在遊戲中打出的牌，那也沒辦法。」
十六夜聳聳肩，開始沿著河岸往前走。他前往的方向是位於世界盡頭的托力突尼斯大瀑布。黑兔抱著簡直有一人高的水樹苗，小跑步跟在他後面。
「那個，人家也有一件事情想請教十六夜先生。」
「駁回。騙妳的，說吧。」
「咦？喔，好的。十六夜先生為什麼決定要幫助我們呢？」
「嗯～……是可以回答啦，不過單純回答也很沒意思。換個問題，妳認為我為什麼想去看『世界盡頭』？」
跨著大步往前走的黑兔裝出誇張的苦惱動作並回答：
「果然是因為……似乎很有趣嗎？畢竟十六夜先生您自稱是快樂主義者嘛。」
「一半正確。那麼，為什麼我會覺得有趣呢？」
唔唔～這次黑兔有些認真地開始思考。

「好，時間到。」

「原來有時限？不……不行啦！如果沒在一開始就說明遊戲有時間限制，就算違規！」

「真的嗎？那黑兔妳會炸死嗎？」

「為什麼我要被炸死啊！」

十六夜一邊戲弄著黑兔，同時一個勁地沿著河邊前進。

十六夜、飛鳥、耀三人被召來箱庭世界後已經過了四小時。

太陽逐漸西沉，來到夕暮時分。

「結果，您想看『世界盡頭』的真正原因到底是什麼？」

「這個嘛……簡單來說，就是因為『這裡有著浪漫』吧。我原本的世界裡，能稱得上浪漫的浪漫已經全被先賢們發掘光了，合我口味的人事物幾乎一個也不剩。因此我才會想，如果是另外一個世界，說不定會有跟我一樣厲害的東西存在。換句話說，我之所以要去見識一下『世界盡頭』，就是為了去補充人生於世不可或缺的感動。」

「原……原來如此，十六夜先生是想去欣賞具備浪漫成分的東西並藉此感動啊。」

「嗯，率直活在感動裡可是快樂主義的基本喔。」

「是這樣嗎……嗯嗯？咦？那十六夜先生之所以協助人家，就是因為……」

「太陽的位置已經滿低了，太陽下山以後可能就看不到彩虹，快一點吧。」

十六夜加快了沿著河岸前近的速度，黑兔也慌忙趕上。雖然日落之後絕景依然還是絕景，不過十六夜應該想把日夜的景觀都收入眼底吧。他望著逐漸西沉的太陽喃喃說道：

「真的跟天動說一樣，是太陽繞著世界旋轉呢……」

「您看得出來嗎？那可是一直繞著這箱庭旋轉的真正神造太陽喔。根據傳言，箱庭上層似乎有以太陽主權作為賭注的遊戲喔。」

「那還真是壯大，有機會的話真想參加一次。」

十六夜哈哈笑著，這時黑兔才第一次覺得他看起來似乎真的很愉快。

兩人之後大約又走了半刻，終於抵達了托力突尼斯大瀑布。

「喔……！」

夕陽照耀下，托力突尼斯大瀑布被染成一片紅色，四處噴濺的湍急水花形成了許多彩虹。

看起來像是橢圓形的瀑布河口延續到遙遠的另一端，流水則通過「世界盡頭」奔向無限的空中。

黑兔一邊承受著從斷崖處噴濺過來的大量水花與風勢，一邊開口說明：

「如何？這就是橫幅全長約有兩千八百公尺的托力突尼斯大瀑布。十六夜先生的故鄉應該沒有這種瀑布吧？」

「……嗯，我老實承認這真的很了不起，寬度大概有尼加拉瀑布的兩倍以上吧？這個『世界盡頭』的下面是什麼樣子？果然是有隻大烏龜在支撐世界嗎？」

在某些天動說的基礎裡，世界並不是球體而是水平展開，還被大烏龜扛在背上。十六夜就是在好奇這一點吧。

認為下面有大烏龜的十六夜開心地從斷崖旁邊探頭往下看。他原本想像下面是像地獄一樣黑暗的地方，然而無論是絕壁下方還是更往前的位置，都只有被夕陽染紅的天空持續擴展著。

「很遺憾答案是ＮＯ。這世界由被稱為『世界軸』的柱子支撐，雖然不確定總共有幾根，然而其中一根就是貫穿箱庭都市的那個巨大主軸。而且還有一個傳說，就是因為某處的某人拔起一根『世界軸』並帶走，這個箱庭的世界才會以如此不完全的形式存在……」

「哈哈，真厲害。那我得感謝那個大白痴才行。」

十六夜原本正在眺望隨著太陽逐漸西下而被染上更濃豔紅色的托力突尼斯大瀑布，接著卻突然像是想起什麼般地對著黑兔問道：

「妳說這叫托力突尼斯大瀑布？那從這裡往上游走的話，可以到達亞特蘭提斯嗎？」

「這個嘛……會是如何呢？箱庭的世界不但表面積和恆星一樣廣大，而且人家並不清楚箱庭都市以外的情況。不過……只要把共同體的根據地移到箱庭都市上層，或許能閱覽的資料裡面就有相關的東西喔？」

「哈？意思就是如果我想知道的話，就得幫忙你們發展到那個程度嗎？」

「不不，既然您想追求浪漫……這只是人家的建議而已喔！」

「還真感謝妳那麼親切。」

十六夜開始尋找起觀賞絕景的最佳地點，而後以突然想到的態度對黑兔開口：

「總之，畢竟是妳把我叫來這麼有趣的世界，我就付出相對的勞力吧。不過我可不會幫忙說服其他兩人喔？隨便你們是要騙還是要拐，但拜託別留下什麼芥蒂啊。既然想以同個隊伍經營下去的話，就更不用說了吧？」

「……是的。」

黑兔在心裡深深反省。

沒錯，這些人都是在相同共同體旗下一起奮戰的同伴。即使對方都是些問題兒童，然而要是做出類似利用他們的行徑，會連原本能獲得的信賴都無法取得。因為過於重視共同體，讓黑兔將內心這份意識往後丟了。

對於身為新同伴的他們來說，這真是失禮到極點的行為。

（早知道一開始就該好好說明……仁少爺那邊沒問題嗎？）

*

在黑兔和十六夜會合的半刻鐘前。

坐在噴水廣場咖啡座裡的飛鳥和耀在聽完關於共同體的說明後，各自單手拿著送上來的茶杯，反覆思量著剛才聽到的情報。

「原來如此，我大概了解了。換句話說，所謂『魔王』就是指在這個世界裡賣弄特權的神

明 etc.，仁弟弟的共同體就是被他們當成玩具而摧毀了，是這樣吧？」

「正如妳所說，淑女。因為所謂的神佛，自古以來就特別中意狂妄的人類。由於太過喜愛，到最後反而變得悽悽慘慘，這也是經常發生的狀況嘛。」

坐在咖啡座椅子上的賈爾德．蓋斯帕將雙臂往兩邊一攤，笑得相當諷刺。

「失去了名號、旗幟、以及所有主力成員，剩下的只有居住區域的龐大土地。如果當時乾脆成立一個新的共同體，那麼之前的共同體應該可以畫下一個完美句點吧？然而他們現在不過是個喪失了名譽和光榮的無名共同體之一罷了。」

「…………」

「而且，請兩位仔細思考一下。一個被禁止自報名號的共同體，到底能從事什麼活動呢？經商嗎？還是擔任主辦者呢？然而無名的組織根本無法獲得他人信賴。那麼要成為恩賜遊戲的參加者嗎？沒錯，這點或許有可能辦到。可是，擁有優秀恩賜的人才，是否會聚集到一個已經喪失名譽和光榮的共同體裡呢？」

「這個嘛……我想不會有人願意加入吧？」

「沒錯，他只不過是一個標榜著根本無法達成的夢想、緊抓著過去的榮華不放、不知羞恥的亡靈而已。」

賈爾德露出誇張到簡直會把超緊身晚禮服撐破的粗野笑容，嘲笑著仁和他的共同體。

仁則是滿臉通紅，雙手緊握著拳頭放在膝上。

「說得更清楚一點，其實他只有名義上是共同體的領導者，實際上卻幾乎沒有以領導者的身分在進行活動。雖然打著重建共同體的口號，真面目卻只是個讓黑兔負責支撐共同體的寄生蟲。」

「…………嗚！」

「我真的非常同情黑兔。講到兔子，是一群擁有諸多強大『恩賜』，甚至被稱為『箱庭貴族』的物種。無論到哪個共同體，肯定都會受到非比尋常的寵愛。對共同體來說，光是擁有兔子，也能讓共同體大大鍍上一層『金箔』。結果她卻每天每天都為了一些死小孩來回奔走，犧牲奉獻，靠著微薄的收入來勉強支撐著弱小的共同體。」

「……是嗎，我了解情況了。那麼，賈爾德先生，你為什麼要如此親切地把這些事情告訴我們呢？」

飛鳥以別有深意的語氣發問，賈爾德也聽出她的意思，露出笑容。

「我就直截了當說了，如果兩位願意，要不要和黑兔一起來我的共同體呢？」

「你……你說這什麼話！賈爾德．蓋斯帕！」

由於過於憤怒，仁．拉塞爾拍著桌子抗議。

然而賈爾德．蓋斯帕卻以兇猛的眼神回瞪仁。

「閉嘴，仁．拉塞爾。追根究柢，要是你這傢伙當初變更新的名號和旗幟，共同體應該能留下最低需求的人才吧？因為你的任性才把共同體逼上絕境，現在又有何臉面從異世界召喚人才呢？」

「這……這個……」

「難不成你認為面對什麼都不懂的對手，就能徹底欺騙對方嗎？要是這種行為的結果，讓她們也擔負了和黑兔相同的辛勞……那麼身為箱庭居民的我，當然有義務事先說明白啊？」

在和先前相同，彷彿野獸般的銳利視線譴責下，仁感到有些畏懼。然而比起賈爾德的發言，對飛鳥她們的愧疚和歉意卻開始在他的內心裡製造出更大的混亂。

仁的共同體就是走投無路到了這種地步。

「……那麼，兩位意下如何呢？淑女們。我不會要求兩位立刻回答，即使沒有隸屬任何共同體，兩位在箱庭都市中也保證會有三十天的自由期間。兩位可以先參觀召喚出妳們的共同體以及我們『Fores Garo』，並徹底研究討論之後——」

「不必了，因為對我來說仁弟弟的共同體就很足夠了。」

咦？仁和賈爾德都看向飛鳥的臉孔。

她以若無其事的態度喝完杯中的紅茶後，帶著笑容對耀開口：

「春日部同學對剛才的談話有什麼感想？」

「我哪邊都可以，反正我只是來這個世界交朋友而已。」

「哎呀真意外。那我可以成為妳第一個朋友候選人嗎？雖然我們兩個可以說是正好相反，不過我總覺得反而可以順利培養出不錯的交情。」

飛鳥摸著自己的頭髮向耀提問。雖然是她自己主動開口，但大概還是有點難為情吧。耀默默地考慮了一會之後，輕輕笑著點點頭。

「……嗯，妳和我認識的女孩子們有些不同，說不定真的沒問題。」

「真是太好了，小姐……看到小姐交到朋友，讓老頭子我也幾乎喜極而泣啊。」

三毛貓哭了起來，兩個女孩則丟下領導者們，自顧自地開心交流。完全不被當成一回事的賈爾德臉部肌肉有點抽搐，即使如此依然表現出試圖挽回的態度，重重咳了一聲向兩人發問：

「很抱歉，是否可以請教一下原因？」

「所以我就說，不需要呀。正如你剛剛聽到的，春日部同學只是來交朋友而已，所以無論是仁弟弟這邊還是賈爾德先生那邊都無所謂。對吧？」

「嗯。」

「至於我，久遠飛鳥——可是付出了富裕的家庭、獲得保證的未來等大部分人們都期待盼望的人生一切，才來到這個箱庭的喔。結果卻被虛情假意地說什麼可以允許我以基層人員的身分，參加一個不過支配了一塊小小區域的組織，該不會認為這種對我來說有吸引力吧？如果你真如此認為，真希望你先弄清楚自己有多少斤兩，再重來一遍呢，這位冒充的虎紳士。」

飛鳥毫不留情地批評。賈爾德．蓋斯帕的身軀因憤怒而顫抖。到底該怎麼回答飛鳥這番沒禮貌到了極點的發言呢？他應該正在拚命選擇符合他自稱「紳士」身分的言論吧？

「雖……雖然妳這麼說，淑女

**「給我閉嘴。」**

啪！賈爾德的嘴巴以不自然的動作用力閉上，而且不再說出任何一句話。

他本人似乎也很混亂，一直掙扎著想讓嘴巴再度開合，然而卻完全無法發出聲音。

「……？…………？」

「我的話還沒有說完，畢竟還有其他必須從你那裡問出來的情報。你就**坐在那裡，繼續回答我的問題吧。**」

飛鳥的發言發揮威力，這次賈爾德則是以簡直會讓椅子裂開的力道，用力在椅子上坐下。

賈爾德已經完全錯亂了。雖然不知道飛鳥用了什麼方法，然而自己手腳的自由完全被剝奪，甚至根本無法抵抗。

被這一幕嚇到的貓耳店員匆忙跑到飛鳥等人的身旁。

「這……這位客人！請不要在本店內製造爭——」

「正好，我希望貓店員小姐妳也能以第三者身分來旁聽。我想，應該可以聽到有趣的對話吧。」

飛鳥制止了歪著頭的貓耳店員，繼續說道：

「你說你是在『雙方同意』的情況下和這地區的共同體分勝負，並獲得了勝利。不過這和我知道的恩賜遊戲內容有些不同。共同體之間的遊戲，應該是由『主辦者』和挑戰遊戲的參加者將各式各樣的籌碼作為賭注的活動……我說，仁弟弟，把共同體本身當成賭注來進行的遊戲，是經常發生的情況嗎？」

「在……在不得已的狀況下偶爾會……可是，這是賭上共同體存續的罕見個案。」

旁聽的貓耳店員也同意地點點頭。

「沒錯吧？連剛造訪這裡沒多久的我們也知道這點程度的知識。正因為具備『主辦者權限』者對共同體間的戰鬥擁有強制力，他們才會被當成『魔王』畏懼。至於沒有這份特權的你是靠著什麼方法，才能一直強制進行賭上共同體本身的大型競爭呢？**請你告訴我吧？**」

賈爾德．蓋斯帕雖然露出似乎很想慘叫的表情，他的嘴巴卻不顧他的意志自行動了起來。

這時，周圍的人們也開始察覺到這個異常反應的原因。

是因為這名女性，久遠飛鳥的命令……讓人絕對無法違抗。

「強……強制對手的方法有很多。最簡單的方法就是綁架對方共同體的女人小孩並以此脅迫。至於不吃這套的對手就先放一邊不管，等到慢慢吸收其他共同體後，再把對方壓迫到不得不接受遊戲的狀況上去。」

「嗯，我想也是那樣吧。是個很符合你這種小人物風格的穩固方式，然而藉著這種違法行為吸收的組織會願意順服地在你手下工作嗎？」

「我們從各共同體裡都抓了幾個小孩當人質。」

飛鳥挑起一邊眉毛。雖然表情和發言都沒有表現出來，然而她散發出的氣勢卻微微透著厭惡。就連對共同體沒什麼興趣的耀也似乎很不快地瞇起了眼睛。

「……是嗎，真的是邪魔歪道呢。那麼，那些孩子們被你關在哪裡？」

「已經殺了。」

現場的空氣瞬間凍結。

不管是仁、店員、耀，甚至連飛鳥，一瞬間都懷疑著自己的耳朵並停止思考。

只有賈爾德・蓋斯帕一人還依照命令繼續說話：

「第一次把小鬼們抓回來那天，因為被哭鬧聲惹火，一時衝動就殺了他們。之後我本來想克制些，不過聽他們哭著吵什麼想爸爸想找媽媽果然還是讓我很火大，所以又動手了。再接下來，我就決定採用當天把抓回來的小鬼全部一起處理掉的做法。只是殺死同志共同體的成員將會造成組織分裂。所以處理掉小鬼們之後，為了不要留下證據，遺體我會交給心腹部下吃

「**閉嘴**。」

喀！地一聲，賈爾德的嘴巴以比之前更驚人的速度閉上。

飛鳥的的聲音聽起來比之前更有氣魄，以彷彿會連同靈魂一把攫起的威力束縛著賈爾德。

「了不起，如此典型徹底的豺狼虎豹還真難得一見。這時候是不是該說，這裡不愧是非人魔境的箱庭世界呢……如何，仁弟弟？」

看到飛鳥冰冷的視線，仁慌慌張張地否定：

「像他這種惡徒在箱庭裡也很少見！」

「是嗎？這樣似乎也挺遺憾——話說回來，能靠剛才的證言，以箱庭的法律來制裁這個邪魔歪道嗎？」

「相當困難。從已吸收的共同體裡扣留人質或是殺死同伴當然違法……然而只要他在受到制裁前逃出箱庭都市，那麼一切也就結束了。」

換個角度來看，這種結果或許也可以稱之為「制裁」。只要身為領導者的賈爾德離開共同體，很明顯，只是烏合之眾的「Fores Garo」必然會瓦解。

然而這樣並無法讓飛鳥滿意。

「是嗎，那就沒辦法了。」

她煩躁地打響手指，這應該就是暗號吧？原本束縛住賈爾德的力量瞬間消失，他的身體恢復自由。氣到發狂的賈爾德用力打碎了咖啡座的桌子。

「妳這……這個臭女人！」

接著他的身體隨著怒吼產生了劇烈的變化。套在龐大身軀上的晚禮服被脹大的背後肌肉給撐破，體毛改變顏色，浮現出黑與黃色的直條紋路。

他的恩賜和狼人等擁有近似的血緣，是通稱「虎人」的混種。

「雖然我不知道妳這傢伙在打什麼主意……但妳知道我背後有誰在撐腰嗎！守護箱庭六六六外門的魔王可是我的後台！挑釁我等於是挑釁那位魔王！這代表什麼意思。

「**給我閉嘴**，我還沒講完呢。」

喀！賈爾德又立刻閉上了嘴。然而光是這樣無法阻擋他現在的怒氣。賈爾德揮起那如同樹幹般粗壯的手臂，試圖攻擊飛鳥。然而耀卻像是要介入般地伸長了手。

「不可以打架。」

耀抓住了賈爾德的手，而且還進一步轉動他的手臂。賈爾德的巨大身體轉了一圈，被她壓倒在地。

「嗚……！」

這不像是出於少女纖細手臂的驚人力量讓賈爾德目瞪口呆，只有飛鳥似乎很開心地笑著。

「好啦，賈爾德先生。無論你背後有誰當靠山我都不在乎，我想仁弟弟一定也是一樣。因為他的最終目標，就是要打倒毀滅共同體的『魔王』呀。」

聽到這句話，仁倒吸了一大口氣。雖然聽到賈爾德抬出魔王名號時他的內心幾乎要輸給恐懼，然而聽到飛鳥提到自己等人的目標時，他又重新振作起來。

「……是的，我們的最終目標，就是要打倒魔王，奪回我們的榮耀和同伴們。事到如今我們不會屈服於這種脅迫之下。」

「就是這麼一回事。換句話說，除了毀滅以外，你已經沒有任何路可走了。」

「可……可惡……！」

雖然不清楚是什麼原因，但被耀壓制住的賈爾德趴在地上連動也不能動。

久遠飛鳥的心情稍微恢復了一些，她用腳尖頂起賈爾德的下巴，露出像是在惡作劇的笑容開始提議：

「不過啊，如果只是讓你的共同體瓦解這點程度可無法讓我滿意。像你這種邪魔歪道，應該要落魄潦倒，一面後悔自己的罪過並同時接受懲罰——所以在這邊我想向大家提個案。」

原本對飛鳥發言頻頻點頭認同的仁和店員們，看著彼此困惑地側了側頭。飛鳥放下腳尖，這次改用她那充滿女人味、纖細修長又漂亮的手指抓住賈爾德的下巴，開口說道：

「和我們進行『恩賜遊戲』吧。就以你的『Fores Garo』存續，和『No Name』的驕傲和靈魂為賭注。」

在日暮時分回到噴水廣場和三人會合並得知事情經過後，黑兔果然不出所料地倒豎起那對兔耳大發雷霆。面對這唐突的事態發展，她提出了宛如風暴般的說教和質問：

「為……為什麼可以在這麼短的時間內就和『Fores Garo』的領導者接觸並造成這種向對方宣戰的情況呢？」「而且遊戲日期是明天？」「還得在敵方的領地內戰鬥！」「根本沒時間也沒財力做準備！」「究竟是在想什麼才會變成這樣！」「你們三個到底有沒有在聽呀！」

「一時火大就行動了，現在正在反省。」

「請閉嘴！」

也不知道是哪個人提出的，聽見三人這種彷彿事先已經講好的藉口，讓黑兔更為憤怒。

一直帶著賊笑旁觀的十六夜出面仲裁：

「有什麼關係呢，反正又不是隨便找了個人宣戰，妳就原諒他們吧。」

「或……或許十六夜先生您覺得只要好玩什麼都無所謂，不過在這場遊戲中我們能獲得的東西就只有自我陶醉而已喔！請看看這份『契約文件』。」

當不具備「主辦者權限」的人想要以『主辦者』身分舉行遊戲時，不可或缺的恩賜就是黑兔現在展示出的「契約文件」。

上面明記著遊戲內容、規則、籌碼以及獎品，並在「主辦者」共同體的領導者簽名後正式生效。而現在黑兔指出的獎品內容如下：

「『當參賽者勝利時，主辦者必須承認參賽者提及的所有罪行，依照箱庭法律接受正確制裁後，解散共同體』——沒錯，這的確只是自我陶醉。明明是只要多花點時間就能證明的的案例，現在卻為了縮短時間不惜去擔起可能會讓對方逃走的風險。」

順帶一提，飛鳥他們的籌碼是「默認罪行」。這代表的意義並非僅限本次而已，而是從今以後都必須一直保持沉默。

「其實只要時間拉長，他們的罪行必定會被揭發。因為關鍵的孩子們已經……那個……」

黑兔開始吞吞吐吐。她也曾經聽說過「Fores Garo」的惡劣評價，然而應該沒有想過情況如此嚴重吧？

「對，人質已經不在這個世上了。只要針對這點譴責，一定能找出證據吧。然而事實上這種做法的確有些費時，我不想為了制裁那個邪魔歪道浪費時間。」

箱庭的法律再怎麼說也只是在箱庭都市內才有效的東西。外部已經成了無法地帶，各個種族建立的共同體都依循著各自的法律和規則生活。

如果賈爾德逃到外面去，應該就再也無法依據箱庭的法律來制裁他了吧。然而如果是以「契約文件」為依據的強制執行，無論他怎麼逃，強力的「契約」都會把他逼上絕路。

「而且呀，黑兔。比起道德之類的因素，我更不能忍受讓那個邪魔歪道在我的活動範圍內自由胡來。要是這次我們放過他，哪天他肯定還是會回來找我們的麻煩。」

「也……也是啦……萬一讓他逃走或許會很棘手啦……」

「我也不想讓賈爾德逃走，不能放縱他那種惡徒胡作非為。」

仁也表現出贊同飛鳥的態度，黑兔只好放棄般地點點頭。

「唉～……真是些讓人不知道該怎麼辦的人們。算了也好，人家也同樣對他感到不滿，而且『Fores Garo』那種程度的實力，只要十六夜先生一個人就能輕鬆獲勝吧？」

黑兔認為這是自己的正確評價，然而十六夜和飛鳥卻都露出了訝異的表情。

「妳在說什麼啊？我可不參加喔！」

「那當然，我也不打算讓你參加。」

兩人都哼了一聲。黑兔慌慌張張地追問：

「不……不行啦！兩位都是屬於同一共同體的同伴，要好好互助合作才行呀！」

「重點不是那個，黑兔。」

表情認真的十六夜伸出右手制止黑兔。

「妳聽好了，這場爭執是這些傢伙主動挑起，而對方那些傢伙決定收下。這種情況下我還插手，就叫做不識相。」

「哎呀，沒想到你這麼明事理。」

「……啊啊真是的，隨便各位高興吧。」

整整一天不斷被耍得團團轉而累得半死的黑兔已經沒有多餘力氣和他們爭論了。

反正是場什麼都不會失去的遊戲，隨便怎樣都好吧，她如此低聲說道，頹喪地垂下肩膀。

＊

從椅子上起身的黑兔小心翼翼地抱起原本放在身邊的水樹苗。

接著她先嗯哼咳了一聲，才重新振作起來對所有人開口說道：

「那麼各位，我們差不多該移動了。其實本來為了歡迎各位，人家預約了很棒的店還做了各式各樣的安排……不過由於意外事故接二連三發生，今天就只能取消。改天會再舉辦正式的歡迎儀式。」

「沒關係啦，不必勉強。我們的共同體不是已經窮途潦倒了嗎？」

嚇了一跳的黑兔立刻看向仁。看到他那一臉愧疚的表情，黑兔理解到共同體的情況已經被飛鳥她們得知。連兔耳都紅了起來的黑兔很不好意思地低下頭。

「真……真的非常抱歉，雖然欺騙各位讓人家感到很過意不去……但是我們真的已經走投無路了。」

「已經沒關係了，反正我原本就不在意組織的水準如何。春日部同學呢？」

黑兔戰戰兢兢地觀察著耀的表情，而她只是依然保持置身事外的樣子搖了搖頭。

「我也沒有生氣。反正我原本就不在乎什麼共同體之類的……啊，不過……」

耀似乎想到了什麼，帶著猶豫吞吞吐吐了起來。仁積極地把身體探向桌面，開口發問：

「請不要客氣盡量說吧！只要是我們能辦到的事情，至少會安排到符合最低限度。」

「不……不是那麼誇張的東西啦。只是我……覺得如果每天都能吃三餐洗個澡還有溫暖被窩可睡的話，那就好了……」

仁的表情僵住了。在這個箱庭都市中，要用水必須購買或是前往距離數公里以上的大河汲水。在確保水源是件苦差事的土地上，想洗澡其實算是奢侈享受之一。

察覺到背後辛勞的耀連忙想撤回自己的要求，黑兔卻先以開心的表情高舉起水樹。

「這要求沒問題！因為十六夜先生幫我們拿到了這麼大的水樹苗！這下我們就不必再去買水，也可以讓水道復活了♪」

聽到這發言，耀換上了開朗的表情，連飛鳥也面露安心神色。

「我們的國家擁有豐富水資源，所以幾乎每天都會洗澡，看來地點改變後文化也會不同呢。畢竟今天被莫名其妙地丟進了湖裡，無論如何我都想好好泡個澡呢。」

「我也同意，那種粗暴的招待方式別再來第二次了。」
「啊嗚……那……那是人家負責範圍以外的情況啊……」
被召喚的三人那種帶著責備的視線讓黑兔有些畏縮，仁也在她身旁面露苦笑。
「啊哈哈……那今天就先回共同體了嗎？」
「啊，仁少爺請先回去。既然明天就要進行恩賜遊戲，那得去拜託『Thousand Eyes』鑑定大家的恩賜才行，還有這個水樹也是。」
十六夜等三人都歪著頭又確認了一次：
「『Thousand Eyes』？那是共同體的名字嗎？」
「YES。『Thousand Eyes』是由擁有特殊『魔眼』類恩賜的成員們組成的群體型共同體。是一個精通箱庭東南西北，上層下層的超巨大商業共同體。幸好這附近也有他們的分店。」
「所謂鑑定恩賜又是指？」
「當然是指要鑑定出恩賜的潛力和起源等資訊囉。掌握對自身力量的正確認知，能激發出的力量也會增大。我想各位應該也很介意自己力量的起源吧？」
黑兔徵求眾人的同意，然而三人卻回以複雜的表情。或許他們各自都有想法吧，但卻沒有任何人開口拒絕，於是黑兔、十六夜、飛鳥、耀這四人一貓就動身前往「Thousand Eyes」。
途中，十六夜、飛鳥和耀三人都興致盎然地觀察著街景。
通往商店的裴利別德大道是以石頭鋪成，種植在兩旁的行道樹飄散著桃色花瓣，並開始冒出新芽和嫩葉。

飛鳥一臉不可思議地望著夕陽西下後，受到月光與街燈照耀的林蔭大道，喃喃開口：

「這……不是櫻花吧？花瓣的形狀不同，而且都已經盛夏了，不可能還有櫻花。」

「不，才剛初夏而已。就算還留著一些比較有毅力的櫻花，也沒什麼好奇怪吧？」

「……？我以為現在是秋天。」

嗯？各說各話的三人望著彼此歪了歪頭，黑兔則笑著為他們說明：

「各位是分別來自於不同的世界喔。除了原本所在的時間軸以外，歷史、文化、生態系等等各方面應該也有所不同。」

「喔？就是所謂的平行世界嗎？」

「類似。正確的說法是立體交叉並行世界論……不過如果現在開始說明這個，即使花上一、兩天也講不完，所以請留待下次有機會時再聊吧。」

黑兔曖昧地搪塞過去之後回過身子。看來目的地的店家已經到了。商店的旗幟是藍底，上面描繪著面對面的兩名女神頭像。那應該就是「Thousand Eyes」的旗幟吧。

太陽西下，一名穿著日式圍裙的女店員正在收拾店面招牌，黑兔趕緊滑向店門想阻止她。

「等……」

「不能等啊這位客人，敝店並不提供營業時間以外的服務。」

……連等一下都沒能說出口。黑兔不甘心地瞪著店員。

不愧是超有規模的商業共同體，連面對客人硬闖時的拒絕態度都找不出一絲破綻。

「真是間不怎麼想做生意的店家呢。」

「您……您說的對！居然在打烊時間五分鐘前就把客人趕出來！」

「如果不滿的話請前往其他店家，至於敝店將一律禁止幾位進出，也就是列入黑名單。」

「黑名單！光是這樣就列入黑名單，實在太瞧不起客人了！」

店員只是用冷漠的眼神和帶著汙辱的語氣來對應忿忿不平的黑兔。

「原來如此，對身為『箱庭貴族』的兔族客人不理不睬的確很沒禮貌。那麼我進去確認是否能讓各位入店，可以請教共同體的名號嗎？」

「……嗚。」

這下黑兔反而無話可說，然而十六夜卻毫不猶豫地開了口：

「我們是叫做『No Name』的共同體。」

「喔～那麼，請問是哪裡的『No Name』呢？如果方便的話，是否可以讓我確認一下旗幟呢？」

嗚！十六夜也閉上了嘴。黑兔之前說過沒有「名號」和「旗幟」的共同體必須面對的風險，正是指現在這種情況。

（不……不妙，「Thousand Eyes」的商店向來拒絕「無名」共同體入店，再這樣下去說不定真的會被列入黑名單。）

正因為對方是具備實力的商店，所以他們可以挑選客人。也不會主動承擔因為接待無法信賴的客人而可能帶來的風險。

所有人的視線都集中在黑兔身上。她露出打心底感到懊悔的神情，小聲開口說道：

「那個……就是……我們的……旗幟已經……沒……」

「呀～～～～～～喝～～～～～～！好久不見了黑兔～～～！」

這時，一名身穿日式服裝，髮色雪白，從店內瘋狂衝出的少女一把抱住（或者該說是摔角式飛身衝撞攻擊）了黑兔。黑兔和少女一起在半空中轉啊轉地轉了四圈半，最後摔進了道路另一邊的淺淺水道裡。

「呀啊啊啊～～～……」

噗通！還有越來越遠的慘叫聲。

十六夜他們目瞪口呆，店員則抱住了似乎很痛的腦袋。

「……喂，店員。這家店提供這種驚奇服務嗎？那麼務必對我來個別的版本……」

「沒有。」

「有必要的話我也可以付錢。」

「恕不提供。」

面對表情嚴肅的十六夜，女店員也以嚴肅表情堅定地拒絕。兩人看來似乎都頗認真。

使出摔角式飛身衝撞攻擊強制襲擊黑兔的白髮年幼少女把臉埋進黑兔的胸部，來回磨蹭。

「白……白夜叉大人！為什麼您會在這種下層地區？」

「當然是因為我有預感黑兔差不多要來了呀！呼呼，呼呼呼呵呵呵，果然兔子摸起來的感覺就是不一樣！這裡舒服嗎這裡舒服嗎？」

磨蹭磨蹭磨蹭磨蹭。

「白……白夜叉大人！請……請您放開我！」

黑兔硬是把叫做白夜叉的少女從自己身上拉開，接著抓住她的頭丟往商店方向。

少女在空中垂直打圈，最後由十六夜用腳接住。

「嘿！」

「喂！你啊！看到第一次見面的美少女飛過來，居然用腳來接！你以為你是誰！」

「我是十六夜大爺，以後多指教啊，和服蘿莉。」

十六夜哇哈哈笑著自我介紹。

在一連串的發展中看傻了的飛鳥這時才突然回神，對著白夜叉開口：

「妳是這家店的人嗎？」

「喔喔，沒錯。我是在這個『Thousand Eyes』裡擔任幹部的白夜叉大人，這位小姐。如果想委託工作，只要讓我直接揉一下妳那對以年紀來看發育得很好的胸部，就可以受理喔！」

「店長，那樣一來業績不會提升，老大會生氣。」

店員以極為冷靜的聲音制止白夜叉。

一邊扭著濕掉的衣服和迷你裙一邊從水道爬上岸的黑兔，滿臉複雜地喃喃說道：

「嗚嗚……沒想到連我也會下水……」

「這是……報應吧？」

「小姐說的對。」

黑兔傷心地擰乾衣服。

相較之下，即使全身溼透也毫不介意的白夜叉在店門口環視十六夜等人，然後咧嘴一笑。

「喔喔？你們就是黑兔的新同伴嗎？既然異世界的人來到我這邊，就代表……黑兔終於要成為我的寵物……」

「沒那種事！到底是基於什麼起承轉合才會發展出那種結果呀？」

黑兔豎著兔耳大發脾氣。看不出來究竟帶著幾分認真的白夜叉笑著叫眾人進入店內。

「算了也罷，有話要說就進店裡再說吧。」

「真的沒問題嗎？他們應該是連旗幟都沒有的『無名』，根據規定……」

「我這是在代替明知道他們『無名』還要故意詢問名號的惡劣店員道歉。他們的身分我可以保證，要是老大不滿我也會負起責任，總之讓他們進來吧。」

唔！女店員露出不服氣的表情。以她的立場來看，自己只是在遵守規則而已，所以即使不滿也是理所當然的反應吧。在女店員的瞪視之下，四人一貓穿過了門簾，來到一個從店面外觀根本無法想像，可說是寬闊到不自然的中庭。

看了一下正面玄關，那裡排放著原本展示於櫥窗中的各式名品珍品。

「很不巧店面已經打烊了，就請各位委屈一下，來我個人的房間吧。」

四人一貓穿過和風的中庭，在沿廊邊停下腳步。

白夜叉拉開紙門邀眾人進入的地方點著類似薰香的東西，伴著風刺激著四人的鼻子。

雖說是個人房間，這間和室卻又有些過於寬敞。白夜叉來到上座坐下，先伸了個大大的懶腰才重新面對十六夜等人。仔細一看，不知何時她的衣服已經完全乾透。

「再自我介紹一次好了。我是在四位數門，三三四五外門建立根據地的『Thousand Eyes』的幹部，白夜叉，和這隻黑兔算是有點交情。總之，知道我是個在你們共同體崩壞後也好幾次出手幫忙，器量非凡的美少女就對了。」

「是是是，我們真的承蒙您多次照顧。」

黑兔隨隨便便應付掉白夜叉的發言。她身旁的耀稍微偏著頭開口發問：

「那個『外門』，是指什麼？」

「就是區分出箱庭階層外牆上面的門呀。數字越小就越接近都市中心地帶，同時也住著擁有強大力量的居民們。」

這個箱庭都市從上層到下層共分為七個支配層，隨之區隔每層的門都標有數字。

從外牆開始，分別是七位數外門、六位數外門，越往內側數字就越小，同時也擁有更強大的能力。在箱庭裡只要來到四位數外門，就已經是受到出名的修羅神佛分割占據，完完全全的非人魔境了。

黑兔描繪出一幅從上空看下來的箱庭俯視圖，可以看到由外門區隔成好幾層階級。

看到這張圖，三人紛紛開口表達感想。

「……超巨大洋蔥？」

「不，我認為是超巨大年輪蛋糕。」

「也對，比較起來的確比較像年輪蛋糕。」

嗯，三人對著彼此點頭。聽到這些沒頭沒腦的感想，黑兔無力地垂下肩膀。

相比之下，白夜叉卻發出笑聲點了好幾次頭。

「呵呵，舉例舉得很好。以那個例子來說，目前位置的七位數外門，就等於是年輪蛋糕最薄的外皮部分。如果要更進一步說明，這裡就是位於東西南北四區塊中的東側，而且一走出外門，就會來到和『世界盡頭』相對的地方。那裡可居住著一些雖然不隸屬於共同體，然而卻擁有強大恩賜的生物喔——例如那個水樹的主人。」

白夜叉輕輕笑了笑，把視線轉向黑兔手上的水樹苗。她就是在說那隻把托力突尼斯大瀑布當成居處的蛇神吧。

「那，到底是誰進行了什麼樣的遊戲並獲勝？智慧競爭嗎？還是測試勇氣？」

「不不，這個水樹是十六夜先生來這裡前，空手打倒蛇神大人後得到的獎品喔。」

黑兔得意地這麼一說，白夜叉就發出了驚訝的喊聲：

「什麼！不是破解遊戲而是直接打倒嗎？那麼，那小童是擁有神格的神童嗎？」
「不，人家並不認為是那樣。如果是神格，應該一眼就能判別。」
「唔，說的也對。不過要打倒神格，應該只有在雙方同樣擁有神格，或是彼此種族之間的力量平衡差距非常嚴重的情況下才有可能發生才對。可是如果要計算種族的力量，蛇和人根本是大同小異啊？」
所謂神格並不是指天生的神明本身，而是指能讓身體變化成物種最高等級位階的恩賜。
只要賜予蛇神格，就會變成身軀龐大的蛇神。
只要賜予人神格，就會成為活神仙或神童。
只要賜予鬼神格，就會化為能撼動天地的鬼神。
而且，擁有神格會讓其他恩賜也跟著強化。箱庭中有許多共同體都為了達到各自的目的，先把「獲得神格」定為第一目標，為了進入上層不斷累積著實力。
「白夜叉大人認識那位蛇神大人嗎？」
「不只是認識，給予那東西神格的人是我啊。雖然已經是好幾百年前的事情了。」
白夜叉挺起小小的胸膛，豪邁地笑著。
然而聽到剛才那句話的十六夜眼裡卻閃爍著不安分的光芒，他進一步追問：
「喔？意思是妳比那隻蛇還強嗎？」
「哼哼，當然。我可是東側的『階層支配者』喔。因為在這個東方，位於四位數以下的共

同體裡沒人可以跟我並駕齊驅，是最強的主辦者。」

「最強的主辦者」——這句話讓十六夜、飛鳥、耀三人的眼睛一起綻放出光芒。

「是嗎……嘻嘻，也就是說，只要能破解妳的遊戲，我們的共同體就會成為東側最強的組織囉？」

「當然。」

「那還真是令人振奮的消息，省下尋找的功夫。」

三人看著白夜叉的視線裡，都包含著毫不掩飾的鬥爭心。白夜叉似乎注意到他們的心意，發出響亮的笑聲。

「真是些讓人不可掉以輕心的小童們。都來找我幫忙了，還想向我挑戰恩賜遊戲嗎？」

「咦？等……等一下，三位！」

白夜叉伸出右手制止了慌張的黑兔。

「沒關係，黑兔，我也一直缺少能陪我玩玩的對手。」

「真是積極呢，我欣賞這種人。」

「呼呼，是嗎——不過在進行遊戲之前，有一件事情得先確認。」

「什麼事？」

白夜叉從和服下襬取出一張有著「Thousand Eyes」旗幟——相對雙女神圖案的卡片，以不可一世的笑容說了一句：

「你們期望的是『挑戰』呢？——還是『決鬥』呢？」

瞬間，三人的視野都產生了爆炸性的變化。

他們的視覺都喪失了意義，各式各樣的情景開始在腦中旋轉。

腦中一閃而過的是搖曳著金色稻穗的草原、可以看見白色地平線的丘陵和森林裡的湖畔。

記憶裡不曾見過的地點重複流轉著，將三人從腳底吞沒。

最後三人被丟到了一個有著白色雪原和結冰湖畔——以及太陽水平運行著的世界。

「……這是…………？」

由於眼前情景過度異常，讓十六夜等人同時倒抽了一口氣。

這份感覺和被召來箱庭時完全不同，是一種已經無法用筆墨形容的奇蹟。

遠方微明的天空中只有一顆星星，就是緩緩地沿著水平軌道環繞世界的白色太陽。

彷彿是將創造出一顆星星、一個世界的奇蹟具體呈現在眾人眼前。

三人啞口無言地呆站在原地不動，白夜叉再度向他們發問：

「我在此再次報上名號，並詢問你們的意願。我是『白夜魔王』——太陽與白夜的星靈，白夜叉。你們期望的是對考驗的『挑戰』？或者是對等的『決鬥』呢？」

魔王·白夜叉。面對不該是少女笑容散發出來的驚人魄力，三人又倒吸了口氣。

所謂「星靈」，是指存在於恆星級以上星體的主精靈。是妖精、鬼、惡魔等概念的最高等級物種，同時也是能「賜予」恩賜的存在。

十六夜感受到自己背後留下了痛快的冷汗，他瞪著白夜叉笑了。

「水平運行的太陽和……是嗎，白夜和夜叉。意思是那個水平環繞的太陽跟這片土地，就是在表現妳本人嗎？」

「正是如此。這個白夜的湖畔和雪原，以及讓世界永遠保持微明的太陽，正是我擁有的遊戲盤面之一。」

白夜叉張開雙臂，地平線另一端的雲海就立刻分開，讓散發出淡淡光芒的太陽現身。

「白夜」的星靈。十六夜口中的白夜，是指在芬蘭或挪威等處於特定經緯度的北歐諸國能看到的太陽不西沉的現象。

而所謂的「夜叉」，一方面是指水和大地的神靈，同時也是擁有惡神那一面的鬼神。

在聚集了無限修羅神佛的這個箱庭中，她是以最強物種揚名世界的「星靈」兼「神靈」。

白夜叉正是一個足以稱為箱庭代表的——強大「魔王」。

「這麼廣大的土地，只不過是遊戲的盤面……？」

「正是如此。那麼，你們的回答是？如果選擇『挑戰』，我就稍微動手陪你們玩玩——不過，要是想『決鬥』那就是另一回事。身為魔王，我該賭上性命和榮耀來戰鬥才行吧？」

「……………嗚！」

飛鳥、耀，甚至連對自己充滿信心的十六夜都無法立刻答覆，還在猶豫該怎麼回應。

他們無法確定白夜叉擁有何種恩賜，然而唯有沒有勝算這一點可說是一目了然。問題是他們的自尊卻很難接受必須以這種形式收回自己下的戰帖。

經過短暫的寂靜之後——笑容裡似乎透出放棄之意的十六夜慢慢舉起手。

「傷腦筋啊，被將了一軍！我投降，白夜叉。」

「嗯？意思是不要求決鬥，而是接受考驗囉？」

「嗯，既然妳可以準備如此驚人的遊戲盤面，所以妳有資格——好吧，這次就乖乖閉嘴允許妳測試吧，魔王大人。」

看到十六夜帶著苦笑不屑地擠出這番話，白夜叉忍不住放聲大笑。對於心高氣傲的十六夜來說，這應該已經是他最大限度的讓步吧？然而「允許妳測試」還真是個相當可愛的賭氣行為，讓白夜叉抱著肚子狂笑。

笑了一陣子之後，白夜叉強忍住笑意轉而詢問其他兩人：

「哈……哈哈……那，其他兩個小童也一樣嗎？」

「……嗯，我今天也可以讓妳測試。」

「同右。」

兩人帶著啞巴吃黃蓮般的表情回應，白夜叉似乎很滿意地又大聲笑了起來。

在旁邊心驚膽顫旁觀著一連串發展的黑兔總算摸著胸口鬆了口氣。

「真……真是的！雙方都該稍微選擇一下對手！不管是對『階層支配者』下戰帖的新人，還是接受新人挑戰的『階層支配者』……就算只是開玩笑也都太冷了！而且說什麼白夜叉大人是魔王……這明明已經是好幾千年以前的事情了吧！」

「什麼？意思是她是前任魔王囉？」

「這個嘛，實際上如何呢？」

白夜叉淘氣地笑著，而黑兔和三人只能無力地垂下肩膀。

這時，從遠方的山脈傳來尖銳的叫聲。對這聲彷彿是野獸也彷彿是鳥類的叫聲第一個產生反應的人是春日部耀。

「剛剛那叫聲是什麼？我第一次聽到。」

「唔……是那傢伙嗎？或許正好適合拿來考驗你們三個。」

白夜叉對著隔著湖泊的對岸山脈招了招手。於是一隻身長恐怕有五公尺的巨大動物張開翅膀在空中滑行，如同旋風般出現在三人面前。

一看到擁有鷲鷹翅膀和獅子下半身的動物，春日部耀發出了帶著驚訝和喜悅的喊聲：

「獅鷲獸……是真的嗎！」

「哼哼，正是。這傢伙正是鳥類兼獸類之王。也是同時擁有『力量』、『智慧』、『勇氣』所有條件，足以代表恩賜遊戲的動物。」

白夜叉招了招手，獅鷲獸降落到她的跟前，對她深深低頭以示禮儀。

「好啦，關於重點的考驗內容……就要求你們三個跟這隻『獅鷲獸』競爭『力量』、『智慧』、『勇氣』其中一項，只要能騎在牠背上在湖畔上空飛舞，就算破解了遊戲吧。」

白夜叉拿出描繪著雙女神圖案的卡片。接著半空中就出現了只限擁有「主辦者權限」者才得以使用的發光羊皮紙。她移動著雪白的手指在羊皮紙上留下文字。

「恩賜遊戲名：『鷲獅的韁繩』

・參賽者一覽：逆迴十六夜
　　　　　　　久遠飛鳥
　　　　　　　春日部耀

・破解條件：騎乘於獅鷲獸背上，在湖畔空中飛舞。
・破解方法：以『力量』、『智慧』、『勇氣』其中一項獲得獅鷲獸之認同。
・落敗條件：投降，或是當參賽者無法達成上述勝利條件時。

宣誓：尊重上述內容，基於榮耀與旗幟與主辦者權限之名，舉辦恩賜遊戲。

『Thousand Eyes』印」

「我來挑戰。」

白夜叉才剛講完內容，就有人立刻舉手，甚至連指尖都伸得筆直。那正是耀，她正以羨慕嚮往的視線凝視著獅鷲獸。對於在三人中算是比較安分的她來說，這真是罕見的熱情視線。

「小……小姐……沒問題嗎？怎麼覺得這位比獅子大爺可怕多了，而且還那麼大一隻。」

「不要緊，沒問題。」

「嗯，看妳似乎頗有自信，但這玩意很不好對付喔？失敗了可不是受重傷而已喔？」

「不要緊，沒問題。」

耀的視線目不轉睛地望著獅鷲獸。那散發出興奮光輝的雙眼，就像是個總算發現自己一直尋找的寶物的小孩。旁邊的十六夜和飛鳥則露出似乎有些無奈的苦笑。

「OK，先鋒就讓給妳吧，可別失敗啊。」

「小心點喔，春日部同學。」

「嗯，我會加油。」

耀點點頭，接著跑向獅鷲獸。然而獅鷲獸卻鼓動翅膀從原地退開。

應該是為了避免在戰鬥時牽連到白夜叉吧。

雖然獅鷲獸張開翅膀，巨大的雙眼就像是在威嚇春日部耀般放出光芒，然而她依然跟著獅鷲獸，越跑越近。

她在彼此之間還有數公尺距離的位置停下，目不轉睛地觀察眼前的幻獸。

（……好棒啊，真的是上半身是鷲鷹，下半身是獅子。）

鷲和獅子，猛禽之王和肉食野獸之王。雖然春日部耀曾經和許多動物心靈相通，然而再怎麼說對象都僅限於生活在地球上的生物。

面對這種生態系遠遠超出黑兔他們在「世界盡頭」遇見的獨角獸和大蛇等生物，被稱為幻獸的對手，還是她第一次的經驗。首先她慎重地開口向對方搭話：

「呃……那個……初次見面，我叫春日部耀。」

「！」

獅鷲獸的身體驚訝得跳了一下。牠眼神中的警戒降低，露出些微的困惑神色。這證明春日部耀擁有的恩賜即使是面對幻獸也有效。

「喔……那女孩，可以和獅鷲獸溝通嗎？」

白夜叉似乎很佩服地打開扇子。想乘坐到身為兩物種之王的獅鷲獸背上，有兩種方法。

其一，以「力量」或「智慧」競爭並取得勝利，也就是藉由讓牠屈服來達成目標。

其二，讓牠認同挑戰者自身的心志。獲得擁有王者霸氣與尊嚴的牠們承認，騎乘上去。

無論春日部要選擇哪種方法，既然她能與獅鷲獸溝通，或許就能以對自己有利的條件來進行交涉。春日部耀先做了個深呼吸，才一口氣講下去：

「可以讓我坐上你的背……並以尊嚴為賭注來分個高下嗎？」

「……什麼……？」

獅鷲獸的聲音和眼神都湧上鬥志。對高傲的牠們來說，「以尊嚴為賭注」，可說是最有效的挑釁。春日部耀沒有等牠回答就繼續展開交涉：

「你剛剛是從那座山脈飛過來的吧？從白夜的地平線開始，沿著順時針方向繞過那個地方一大圈，再把這個湖畔定為終點。請你用那強韌的翅膀和四肢在空中奔馳，如果在到達湖畔前能把我甩下就是你獲勝；如果我能一直在你背上待到最後，就是我獲勝……這樣如何？」

耀輕輕歪了歪頭。沒錯，假使按照這條件，的確可以同時測試力量和勇氣。

然而獅鷲獸卻充滿不屑地哼了一聲，驕傲地反問：

「小姑娘，妳提議『以尊嚴為賭注』。正如妳所說，萬一我無法把一個人類女孩甩下來，我的名譽將會一敗塗地吧——只是，小姑娘，妳要拿什麼當賭注好作為尊嚴的代價？」

「我會賭上性命。」

耀毫不猶豫地回答。聽到這個實在過於極端的答案，黑兔和飛鳥都驚訝地開口：

「不……不行啊！」

「春……春日部同學，妳是認真的嗎？」

「你以尊嚴為賭注，而我以性命為賭注。如果摔下來之後我還活著，那我就成為你的晚餐……這樣可以嗎？」

「…………唔……」

聽到耀的提案，飛鳥和黑兔更為慌張。而白夜叉和十六夜卻以嚴肅的語氣制止她們。

「雙方都退下，這可是那女孩自己主動提出的考驗。」

「沒錯，別做出這種不識相的行為。」

「重點不是這個！人家怎麼能讓同伴參加這麼不利的遊戲——」

「我不要緊。」

春日部回過身對著飛鳥和黑兔點點頭，她的眼中完全沒有雜念，反而露出了讓人覺得她或許有勝算的表情。

獅鷲獸表現出稍微思索了一下的態度，而後低下頭來要求春日部乘上牠的背部。

「上來吧，年輕的勇者。妳就親身試試自己是否承受得住鷲獅的疾馳吧。」

耀點點頭，抓住轡繩爬了上去。由於沒有鞍所以有點不穩，但耀緊握住轡繩並跨坐在獅鷲獸的身體上。

她摸著鷲獅那強韌又平滑的軀體，同時滿足地低聲說道：

「開始之前我要講一件事……乘坐在你背上一直是我的夢想之一喔。」

「——是嗎。」

在即將展開決鬥前，講這什麼話呢？獅鷲獸一面苦笑，一面似乎有點難為情地鼓動了三次翅膀。之後牠才剛擺出往前傾的姿勢，立刻以彷彿要踏穿大地的氣勢往微亮的空中飛去。

（哇……！）

離開大地數十公尺之後，獅鷲獸那對鷲鷹的翅膀就以往兩旁大大伸展的姿勢固定住。
令人驚訝的是，獅鷲獸並不是靠著翅膀產生推力來飛行。
最快發現這份異變的春日部耀雖然因為強烈的壓力所苦，卻依然無法克制地感嘆：
「了不起……！原來你是用力踏著空氣前進……！」
鷲鷹擁有的銳利鉤爪就像是要緊抓住風。
獅子擁有的強韌四肢就像是要讓大氣振動。
支撐著鷲獅龐大身軀的並非翅膀，牠是靠著能操縱旋風的恩賜在空中疾馳。
沒錯，雖然牠們的翅膀非常巨大，然而如果想要支撐那達數噸的體重，需要比現在大上數倍的翅膀和推力。
這對翅膀證明了牠們的生態系屬於遠遠脫離普通進化演化樹的物種。
無視力學在空中馳騁的這個身影，的確不愧於「幻獸」之名。
「小姑娘……很快就要進入山脈地帶了……真的沒關係嗎？要是以這速度前往山脈……」
「嗯，冰點下的風將會變得更冷，體感溫度大約是零下數十度吧？」
越過森林，進入山脈之前，獅鷲獸稍微放慢了速度。
在這個白夜的世界裡，氣溫平均偏低。坐在如疾風般馳騁的獅鷲獸背上時感受到的溫度就更不用說了。衝擊和溫差這兩項障礙，都遠遠超過人類的耐力。
這是獅鷲獸基於良心發出的最後通牒。應該是欣賞耀的率直態度，牠才會說出這些話吧。

然而春日部耀卻以淡淡的笑容和挑釁來回應這份擔心。

「不要緊。倒是你真的沒關係嗎？你再不使出全力，我真的會獲勝喔？」

「……好吧，妳可不要後悔啊！小姑娘！」

下一瞬間，周遭的大氣一陣晃動。現在獅鷲獸也用上翅膀來操縱旋風。

原本還在遙遠彼端的山脈眨眼間就已經近在眼前。

往下一望，可以看到冰河因為獅鷲獸揮翅的衝擊而崩毀。身處彷彿能瞬間壓扁人類身體的衝擊力中，春日部耀咬緊牙關忍耐著。

獅鷲獸聽著背上傳來的微微呼吸聲，心中開始湧上可以稱為驚嘆也可以稱為困惑的感情。

如此龐大的壓力，如此嚴寒的低溫，承受著這些的她，耐力遠遠超越了一般的少女。

（原來如此……也就是說她身上具備了相符的奇蹟嗎……！）

獅鷲獸露出苦笑。牠並不知道。

春日部耀也和十六夜一樣，擁有人類最高等級的恩賜。

從山頂急遽下降時，獅鷲獸的速度已經逼近了兩倍。一旦明白根本不需手下留情，獅鷲獸立刻開始加上旋轉，試圖甩掉春日部耀。沒有座鞍的獅子背上沒有任何可供攀附的多餘部分，耀唯一能抓住的東西只剩下韁繩，下半身則被拋向半空中隨風飛舞。

「嗚……！」

這下再怎麼說，她也無法繼續開口說笑。耀拚命抓住韁繩，獅鷲獸則拚命地不斷旋轉，想要把她甩下。牠急速衝往地平線，直到快接觸地面前才忽然旋轉和大地保持水平。

這就是最後的難關，從山脈吹來的冷風已經停了，剩下的只有純粹的距離。

獅鷲獸保持著原本的速度，衝向湖畔中心。在春日部耀確定獲勝的那一瞬間——她的手放開了韁繩。

「什麼！」

「春日部同學！」

大家還來不及放心，也還來不及讚賞。春日部耀的嬌小身軀就像是被疾風吹開般在空中飛舞，依照慣性往上飄去。這時十六夜抓住想要去救她的黑兔。

「放……放開——」

「等等！還沒結束！」

焦急的黑兔、阻止她的十六夜。然而春日部耀的腦中已經完全拋開了周遭的存在，唯一剩下的，就是不久前在空中奔馳時的那份感動。

（用四肢……纏住風，就像是在踩著空氣——！）

春日部耀的身體輕飄飄地翻了個圈。彷彿要抵銷慣性的緩慢動作最後終於讓她落下的速度變慢，最後她並沒有接觸湖畔而是繼續飛翔。

「……這！」

在場所有人都驚訝得說不出話來，這也理所當然。

明明先前春日部耀都沒有表現出類似行為，現在卻操縱著風飄浮在湖畔上。她輕飄飄地展現出如同在游泳般的不熟練飛行動作，而這時接近她的則是笑得似乎有些難以置信的十六夜。

「果然，妳的恩賜是那種可以獲得其他生物特性的類型吧？」

看到這輕浮的笑容，春日部耀以似乎不太高興的語氣回答：

「……不是，這是成為朋友的證明。不過，你是什麼時候察覺到的？」

「這只是我的推測。見到黑兔的時候，妳說過『像那樣待在順風處，就算不想知道也會發現』吧？普通人怎麼可能做到那種特技？所以我推測妳的恩賜不是能和其他物種溝通，而是能以某種形式獲得其他物種的恩賜吧……不過看來似乎不只這樣。畢竟地球上沒有能承受剛剛那種速度的動物吧？」

耀轉頭避開十六夜那充滿興趣的眼神。這時三毛貓突然跑到她的身邊，先一臉擔心地爬上耀的肩膀，才驚慌失措地發問：

「小姐！妳沒受傷吧！」

「嗯，我沒事。只是手指有點麻跟衣服都冰得發硬了而已。」

她溫柔地摸著趕來自己身邊的三毛貓。在她的對面，有著正在拍手的白夜叉以及帶著感嘆眼神望著耀的獅鷲獸。

「精彩。希望妳能把得到的恩賜當成贏過我的證明來使用。」

「嗯，我會很珍惜這份恩賜。」

「哎呀呀，真是了不起！這場遊戲由你們獲勝……是說，關於妳的恩賜，是天生的嗎？」

「不是，是因為爸爸給我的木雕，我才變得能和動物溝通。」

「木雕？」

三毛貓對著歪了歪頭的白夜叉說明：

「小姐的父親是個雕刻家，就是靠他的作品，我們才能跟小姐對話。」

「喔喔……父親是雕刻家嗎？如果方便，可以讓我看看那個木雕嗎？」

耀點點頭，拿出被她當成項鍊的圓形木雕工藝品。

白夜叉觀察著這個手掌大的木雕，表情突然嚴肅了起來。飛鳥和十六夜也從旁邊探頭看著那個工藝品。

「好複雜的花紋，有什麼意義嗎？」

「雖然有但我也不懂。以前爸爸有告訴過我，不過我忘了。」

「……這是……」

不只白夜叉，連十六夜和黑兔都以認真的表情參與鑑定。白夜叉反覆看著木雕的正面和背面，並用手指摸著表面的幾何形線條。黑兔歪著頭向耀發問：

「材質是楠木的神木……雖然神格沒有留著……不過這個朝向中心的幾何線條，還有中心的圓形空白……您的父親大人是不是認識哪位生物學家呢？」

「嗯，我媽媽就是。」

「如果是生物學家，這個圖形果然是在表現演化樹嗎？白夜叉。」

「應該沒錯……那麼這個圖形就是這樣……這個圓形整合的是……不……這個……這個真了不起！真的很了不起！小姑娘！如果這真的是手工品，那妳父親可是神代以來的大天才！沒想到居然有人類能完成獨自的演化樹，並使其確立為恩賜！這個是名符其實即使稱為『生命目錄』也非過譽的名作！」

白夜叉似乎很興奮地喊著。耀則是一臉不解地歪了歪頭。

「所謂的演化樹，是指顯示生物起源和進化系譜的那個東西嗎？不過我媽媽製作的演化樹圖形更接近樹木的外型耶。」

「嗯，這是妳父親想表達的創作所營造出的成果。特地把這木雕製成圓形，是為了表現生命流轉與輪迴。不斷重複再生與滅亡的輪迴後，生命系譜完成進化前往圓形中心，這則是在表現以世界中心為目標前進的情況。至於中心留白的原因，不知道是因為這是流轉世界的中心呢？還是因為製作者尚未目睹生命完成呢？抑或是因為其實這東西本身是個尚未完成的作品——唔唔，了不起，真的了不起，我的想像力好久沒受到這麼大的刺激！真的是藝術！如果妳願意的話，我甚至想買下這東西！」

「不行。」

耀乾脆拒絕，拿回了木雕。白夜叉就像是喜歡的玩具被沒收的小孩一般失望。

「那，這是擁有什麼力量的恩賜？」

「這我就不知道了。現在能明白的資訊，只有具備和異種族對話的能力，以及能夠從成為朋友的種族獲得特定恩賜這點程度。如果想要知道更進一步的情報，只能拜託開店的鑑定師。然而除非是住在上層的鑑定師，否則應該無法鑑定吧。」

「咦？白夜叉大人也無法鑑定嗎？今天就是想拜託您鑑定耶。」

唔！白夜叉露出尷尬的表情。

「怎……怎麼偏偏是要我鑑定恩賜啊，這非但不是我的專長，甚至根本和我無關啊。」

白夜叉原本應該打算免費接下委託來作為遊戲的獎品吧。她困擾地撥了撥白髮，拖著和服下襬並用雙手包住三人的臉仔細觀察。

「我看看……嗯嗯……唔，可以看出三人的素質都很好。不過光是這樣實在沒辦法多說什麼呢。你們對於自己恩賜的力量掌握到什麼程度？」

「企業機密。」

「同右。」

「以下同上。」

「喂喂喂喂？是啦，我也知道要你們把恩賜告訴算是交手對象的人的確很恐怖，不過這樣下去事情無法解決吧？」

「我才不需要鑑定咧，我沒興趣讓別人替我標價。」

十六夜的語氣裡帶著明顯的拒絕，其他兩人也同意似地點著頭。

白夜叉似乎很困擾地搔著頭，突然就像是想到什麼好主意般地咧嘴一笑。

「唔。無論如何，既然你們破解了考驗，那麼我身為『主辦者』，身為星靈中的無名小卒，就必須賜予你們『恩惠』。雖然這是個有些奢侈的玩意，不過如果當成是提早祝賀共同體復興的禮物，應該算是剛好吧。」

白夜叉拍了拍手，三人面前出現了三張閃爍著光輝的卡片。

卡片上各自寫著三人的名字，以及寄宿在他們身上恩賜的名稱。

鈷藍色卡片上寫著逆迴十六夜，恩賜名「真相不明—Code Unknown—」。

酒紅色卡片上寫著久遠飛鳥，恩賜名「威光」。

珍珠祖母綠色卡片上寫著春日部耀，恩賜名「生命目錄—Genom Tree—」、「No Former」。

三人收下了記載著自己名字和恩賜的卡片。

黑兔露出了又是驚訝又是興奮的表情，探頭看著三人的卡片。

「恩賜卡！」

「生日卡？」

「賀年卡？」

「聖誕卡？」

「不……不是啦！或者該說為什麼各位的步調可以這麼一致？這個恩賜卡是可以將具體化的恩賜收納起來的超高價卡片！甚至連耀小姐的『生命目錄』也能夠保存，而且還可以隨使用者高興任意再度具體化喔！」

「意思就是這是個很棒的道具就對了吧？」

「所以說為什麼這麼隨便地把人家的話當耳邊風呢！啊～對啦沒錯！這是超棒的道具！」

即使受到黑兔斥責，三人依然一臉稀奇地研究著自己的卡片。

「就像我等的雙女神章紋，原本那上面也該顯示著共同體的名號和旗幟，不過畢竟你們是『無名』嘛。雖然圖面看起來多少有些單調，但是如果想抱怨，就去找黑兔吧。」

「喔……那麼該不會那個叫水樹的玩意也可以收進來？」

十六夜隨性地把卡片朝向水樹，水樹便化為一道光粒，被吞進了卡片之中。

仔細一看，只見十六夜的卡片上多增加了一張插圖，內容描繪著湧出大量水流的樹木，而恩賜欄的「真相不明」下方也多加上了「水樹」這個名稱。

「喔喔？這玩意真有趣。該不會可以直接從卡片裡放出水流吧？」

「當然可以，要試嗎？」

「不……不行！反對浪費水資源！那些水請為了共同體使用！」

嘖！十六夜一臉無趣地咂舌。黑兔以還無法放心的表情戰戰兢兢地監視著他，白夜叉則大

笑著觀察這一幕。

「這些恩賜卡的正式名稱是『拉普拉斯紙片』，也就是全知的一部分。上面註明的恩賜名就是和你們靈魂相繫的『恩惠』名稱。只要看這個，即使無法鑑定也能明白大部分恩賜的真實面貌。」

「喔？意思就是我是稀有案例囉？」

嗯？白夜叉探頭看了看十六夜的恩賜卡。上面的確註明著「真相不明」等文字。和哈哈大笑的十六夜相比，白夜叉的表情變化非常戲劇化。

「……………不對，怎麼可能會有這種事……」

白夜叉立刻臉色大變，一把搶走了那張恩賜卡，這態度表現出非比尋常的氣勢。以認真眼神凝視恩賜卡的白夜叉，就像是無法理解般地喃喃說道：

「『真相不明』……………？不，不可能。全知的『拉普拉斯紙片』怎麼可能出錯……」

「不管怎麼樣，這就代表無法鑑定吧？我自己倒是覺得這樣比較好。」

這次換成十六夜一把從白夜叉手裡搶回卡片。然而白夜叉似乎無法信服，依然以訝異的眼神瞪著十六夜。由此可見恩賜名是「真相不明」是多麼不可思議的情況。

（話說起來這個小童……說過他打倒了蛇神。）

雖然比不上天生的神明或星靈，然而神格擁有者依然是物種的最高等級。強大到甚至能呼風喚雨的蛇神卻被人類打倒……這個情況本身就非常不可思議。

（也就是說他確實擁有強大的力量嗎……不過連「拉普拉斯紙片」這種等級的恩賜都無法正常運作，到底是……）

恩賜無法正常運作。這讓白夜叉的腦裡聯想到一個可能。

（把恩賜無效化了……？不，不可能。）

她帶著苦笑捨棄了剛出現的可能性。

在這個聚集了修羅神佛的箱庭裡，無效化類的恩賜並不罕見。然而這也僅限於強化了單一能力的武器裝備。

像逆迴十六夜這種具備強大奇蹟的人，如果同時擁有能消除奇蹟的神技，是很大的矛盾。和這矛盾的嚴重程度相比，「拉普拉斯紙片」出現問題的結論反而還比較能讓人信服。

五人一貓來到已經收起門簾的店門前。耀他們行了禮。

「今天真是謝謝妳了，希望下次也還可以跟我們玩。」

「哎呀，這樣不行呢，春日部同學。因為下次挑戰時要以同等的條件來對決呀。」

「沒錯。居然得把吐出來的口水又吞回去，實在很沒面子。下次我會在全力以赴的大舞台上向妳挑戰。」

「哼哼，也好，我就期待你們的挑戰吧……話說回來。」

白夜叉突然換上認真表情，看著黑兔等人。

「雖然現在才講這個已經太晚，但我要提個問題。你們是否已經確實理解，自己的共同體

處於什麼狀況？」

「喔，名號跟旗幟之類的事情嗎？那些我已經聽說了。」

「那麼，為了取回那些必須和『魔王』抗爭的事情也都知道了？」

「有聽說過了。」

「……那麼，你們是在理解一切之後才加入了黑兔的共同體囉？」

黑兔露出吃驚的表情，別開視線。同時她也想到，萬一之前做出徹底隱瞞共同體現狀的不講道義行徑，說不定自己已經失去了無可取代的朋友。

「是呀，打倒魔王不是很帥嗎？」

「這並不是『很帥』就能解決的問題啊……真是，是因為年輕嗎？該說你們莽撞還是勇敢？總之，你們回到共同體之後就會明白魔王是怎麼樣的東西吧。如果那之後依然想和魔王交手我是不會阻止你們……不過兩個小姑娘，妳們可是絕對會死喔。」

白夜叉就像是在預言般地如此斷定。兩人雖然一瞬間想要找點話來反駁，然而由和魔王同樣擁有「主辦者權限」的白夜叉口中所講出的建議，卻帶著一股讓人無法開口的魄力。

「在挑戰魔王之前，先去參加各式各樣的恩賜遊戲並增加實力吧。小子還可以姑且不論，憑妳們兩個的力量無法在魔王的遊戲裡倖存不死。就像是被捲入風暴中的小蟲，慘遭玩弄後死去的樣子，無論何時看起來都是令人哀傷的情景。」

「……謝謝妳的忠告，我會銘記於心。下次我們會來挑戰妳使出全力的遊戲，別忘了先做好心理準備。」

「哼哼，正合我意。我的根據地在三三四五外門，隨時歡迎你們來玩……不過，我看賭注就用黑兔好了。」

「人家不要！」

黑兔立刻回答。白夜叉則賭氣地嘟起嘴巴。

「不要那麼冷淡嘛～只要隸屬我的共同體，保證讓妳吃喝玩樂一輩子喔？也會幫妳準備附三餐項圈的個人房。」

「因為什麼附三餐項圈根本已經是把人家當寵物了嘛！」

氣沖沖的黑兔、笑嘻嘻的白夜叉。走出店內的四人一貓就在不親切的女店員目送下，離開了「Thousand Eyes」的二一〇五三八〇外門分店。

＊

和白夜叉的遊戲結束後，四人穿越噴水廣場又走了十五分鐘左右，總算來到「No Name」居住區域的大門前方。抬頭一看，只見門上還遺留著過去曾高掛旗幟的痕跡。

「這裡面就是我們的共同體。不過必須從入口再走一陣子才能到達總部，請見諒。因為這附近還留著戰鬥後的痕跡……」

「戰鬥後的痕跡？就是指跟那個多次提起，擁有『魔王』這美妙命名的傢伙間的大戰？」

「是……是的。」

「正好，就讓我瞧瞧所謂箱庭最恐怖天災留下來的傷痕究竟是什麼樣子吧。」

由於先前的對話，飛鳥的心情很差。對於自尊心高人一等的她來說，被當成小蟲般瞧不起的事實想必讓她極為不滿吧。

黑兔雖然有些猶豫，但還是打開大門。門的另一端吹來了一陣乾燥的風。

三人遮住臉躲避沙塵，只見眼前是一整片的廢墟。

「！這……這是……？」

看到殘留在街景上的傷痕，飛鳥和耀倒吸了口氣，十六夜則瞇起了眼睛。

十六夜走向木造的廢墟，拿起圍籬的殘骸。

才稍微施力，木材就發出清脆的聲音崩解成碎片。

「……喂，黑兔。魔王的恩賜遊戲──是距今幾百年前的事情？」

「只是短短三年前的事情。」

「哈！這可有趣了！真的很有趣！妳的意思是只過了三年就成了這個徹底風化的樣子？」

沒錯。他們「No Name」的共同體居住區──就像是已經度過數百年歲月，宛如滅亡般的斷垣殘壁。

原本應該整理得清潔平坦的白底道路遭沙塵埋沒，木造建築一棟棟都腐朽崩塌。用在關鍵點強化的鐵柱鐵絲已經鏽蝕扭曲；行道樹如同石碑般發白乾枯，被棄置在路邊。這光景讓人完全無法相信，這裡直到三年前為止還是個有人居住一片熱鬧的地方。三個人屏息四處閒逛著。

「……我敢斷定，無論是使用何種力量來衝擊這裡，都不可能造成這種毀壞狀況。像這個木造建築的腐朽狀態，怎麼看都讓人覺得是經歷過漫長時間後的自然崩壞。」

十六夜雖然做出不可能的結論，但依然因為眼前的廢墟而流下了痛快的冷汗。

飛鳥和耀也看著廢墟，表達了心情似乎很複雜的感想：

「連陽台的桌上都還擺著茶具。這樣看來，就像原本生活在這裡的人們突然消失了呢。」

「……也完全沒有生物的氣息。明明這裡是被棄置的人類居處，卻沒有野獸肯靠近，這到底是……」

兩人的感想比十六夜的語調還要沉重得多。

黑兔從廢墟上轉開視線，沿著已經崩壞的道路開始前進。

「……和魔王的遊戲，就是如此無法預測的戰鬥。他們之所以沒有奪走這片土地，應該是為了誇示身為魔王的力量，也是一種殺雞儆猴的做法吧。只要出現擁有力量的人類，他們就會基於好玩而挑起爭端，並讓對方徹底屈服到再也不敢反抗的地步。之前殘留的少數同伴也因此灰心喪氣……最後離開了共同體，離開了箱庭。」

這就是在舉行大規模恩賜遊戲時，基本上會像白夜叉那樣另行準備遊戲盤面的原因。

只要強大的共同體和魔王開戰，就會留下醜陋的傷痕。而魔王就是故意享受這一點。黑兔

# 第三章

帶著抹去一切感情的眼神在已經風化的區域裡前進，飛鳥和耀表情複雜地跟在她身後。

只有十六夜一個人眼中散發出燦爛光彩，露出狂妄笑容低聲說道：

「魔王……嗎？哈！很好啊，真是太棒了！看來會比我想像中更有趣呢……！」

# 第四章

賈爾德在自己的宅邸裡抱著彷彿陣陣作痛的腦袋。

（我居然……為了想得到黑兔而幹下這種無可挽回的蠢事……！）

他隸屬於擁有「主辦者權限」的某魔王麾下，也是個野心家。

追根究柢，他加入魔王麾下，是因為只要利用魔王這個後台來狐假虎威，任何共同體都會感到畏懼。他打算利用這個方式慢慢支配這個地區並擴展勢力範圍，到最後再挑戰最高難度的遊戲，並讓自己取得神格等級的恩賜。

為了達到這個目的，必須提高共同體的聲望，並匯集更加優秀的人才。

不管是要當成共同體的「金箔」或「棋子」，還是當成滿足他自身欲望的玩具，黑兔都是賈爾德極想獲得的人才。至今為止他雖然曾經多次接觸黑兔，但每次都碰了一鼻子灰。

正因為賭上「No Name」存亡的這次召喚是奪走黑兔的最大機會，他才會過於急躁。

「可惡……可惡……可惡可惡可惡！實在太混帳了！」

賈爾德抬起附近的辦公桌往窗外丟去。

雖然說這張辦公桌原本就是為了作作樣子才設置，然而只要幾天後就會成為不必要的東西了。

「那個女人的恩賜……是直接接觸精神的類型。要是有那種傢伙在，無論準備何種遊戲也沒有勝算啊！」

問題就是這一點。由於這次是要在身為「主辦者」的我方領地內準備恩賜遊戲，原本應該能建立起占有優勢的遊戲，然而既然久遠飛鳥的恩賜能隨心所欲地操縱對手，不準備個足以對應的恩賜，這場遊戲就沒有勝算。

這時，突然有個高貴堂皇的女性聲音從破窗的外側對著賈爾德說話：

「──喔，在箱庭六六六外門建立根據地的魔王麾下，居然要輸給區區『無名』嗎？這還真是讓人期待。」

「……是……是誰！」

破掉的窗口突然刮進一陣夾著黑影的風。

一個華麗金髮正隨風飛舞，看來比十六夜他們還要大上兩、三歲的女性出現在屋裡。

「真沒出息，三位數外門魔王的部下居然這副德性。這麼可悲的模樣，真讓人同情啊。」

金髮少女似乎很不以為然地搖著頭。賈爾德發出兇猛的嘶吼聲威嚇對方：

「妳這傢伙……雖然我不知道妳是打哪來的什麼玩意，不過我現在心情很差！最好趁我還沒動手時快滾！」

「哼哼，氣勢倒是很不錯嘛。不過，從野獸爬上來的區區暴發戶敢對身為純種『鬼種』的我動手嗎？」

「什麼！」賈爾德驚訝得講不出話來，先前為止的氣勢一瞬間就全部萎縮消失。他臉色發青，搖晃著巨大身軀往後退了幾步。接著他再度確認了金髮少女的樣子。

對方有著呈現出微微波浪的金髮和與年齡不相稱的凜然表情。而那雙只要視線相對就簡直會被吸引進去的豔麗紅色眼眸，更是讓人不由自主地屏住呼吸。

看她散發出來的氣質，賈爾德可以明白這名女性絕不是泛泛之輩，然而他依然無法相信。

「妳……妳說妳是純種『鬼種』……？講什麼蠢話！講到純種鬼種，幾乎全是神格吧！那樣的人物怎麼會來到我這裡！該不會是那些『無名』的前鋒吧！」

所謂「純種」，是指位於演化樹起點的恩賜。和賈爾德這種混合多種血統的「暴發戶」不同，是一些即使在同一物種中也能獲得個別稱呼的特殊分子。

金髮少女把頭髮往上撥了撥，糾正賈爾德的發言：

「嗯，就是那個。其實我和那個『無名』有點牽扯，原本以為他們已經沒有希望重建了……不過聽說新加入的人才打倒了神格持有者，所以就來看看情況。」

賈爾德這次真的像是被徹底擊垮般跪倒在地。他會這樣並不是眼前這名「鬼種」女性。

而是因為除了久遠飛鳥之外，自己還必須面對甚至能打倒神格持有者的怪物……這事實讓他非常絕望。

「那……那是什麼時候發生的事情？不是黑兔做的嗎？」

「是今天傍晚稍早一點的時間吧。據說是個還年輕的少年，毫無疑問，和跟你起衝突的傢伙並不是同一個人。」

「開……開什麼玩笑！」

賈爾德瘋狂地打開密室，把值錢物品掃進行李。

自稱鬼種的少女一邊用手指玩著金色髮梢，一邊有些不屑地望著他的行為。

「看來你囤積了不少金銀財寶嘛……不過，還是無法避開遊戲喔？」

「關……關我什麼事！妳知道我是抱著多大的野心來到這個箱庭嗎！花了這麼這麼、這麼多年……從還只是隻普通野獸的時代開始，我就一直以箱庭上層為目標努力至今！結果卻被那個臭丫頭……可惡……！」

賈爾德流下不甘心的淚水，以混著恐懼的音調哀嘆著。自己到底是在哪一步走錯路了？

就跟過去在森林裡生活的日子……跟倚靠尖牙利爪生存的那個時期相同。

只是現在換成靠智慧與謀略來爬上高位而已啊！

「長年的野心嗎……我曾經聽說過，貓這種動物只要長生，似乎有時就能光靠這樣獲得靈格。是啦，那也只是個低等的雜種靈格。不過其他野獸也是一樣，光是具備漫長壽命，就會被視為神格崇拜。在這之後不消多久生態系就會產生爆發性的變化，並昇華為『幻獸』這個物種……然而把靈魂賣給惡魔算你氣數已盡。要是你當初老實保持野獸身分慢慢累積修煉，應該也不會落到這種沾惹滿身庸俗的後果吧。」
「囉唆！囉唆！囉唆！」
賈爾德半瘋狂地大吼，金髮少女則輕輕壓住了他的手。
雖然她的動作很輕柔，然而賈爾德卻被彷彿從來不曾遭遇過的強大力道給緊緊抓住。
「好啦，冷靜點，虎人。我也聽說了這次的情況。啊，可別那麼不識相地問我是怎麼得知的喔？畢竟我也有所謂無法抹去的交友關係。」
雖然臉上笑容帶著戲謔，少女的眼神卻異常冷漠。
賈爾德再次因為畏懼這名女性而開始發抖。
「簡單來說，只要你獲勝就能解決一切問題吧？」
「怎……怎麼可能獲勝！既然妳已經聽說過白天的騷動，那妳應該早知道了吧！我……我對那些死小鬼們根本無法出手！」
「嗯，現在的你無法取勝吧。不過，要是你獲得了新的恩賜……獲得『鬼種』恩賜的話，又會如何呢？是不是也能找到勝算？」
賈爾德的手停了下來。他的表情因訝異而僵住，但他總算第一次正眼看向那名女性。
「……妳要我背叛『六百六十六之獸』？」
「以結果來說算是那樣吧。不過你應該也知道，那名大惡魔已經完全沒有回到箱庭的打算了，『六百六十六之獸』正是一些聚集在『主辦者權限』下的烏合之眾。就算被養在這種地方，

你的將來也顯而易見。」

女性以誘惑般的甜美豔麗嗓音，在賈爾德的耳邊低聲細語：

「我也不打算逼你背叛，我有興趣的只有那些傢伙而已。等到事情解決，你就能獲得無罪和新的恩賜。只是這樣而已，是個對你沒有壞處的條件吧？」

「…………」

賈爾德稍微恢復一點冷靜，開始思考。

如果眼前的金髮少女真的是純種鬼種，那麼她很有可能率領著強大的共同體。而且正如她所說，「六百六十六之獸」的確是烏合之眾。本來這是可以送出使者請求協助的狀況，結果卻沒有任何人回應。既然如此，建立起新的關聯並不是壞事。

如果說還有其他什麼問題……那就是她屬於哪個「鬼種」？

「我想問一件事，妳的共同體是哪裡？」

「這我不能說，如果你不願意接受也就不需探聽。我會趁月色還在之前回去。」

「呸！我沒有選擇權嗎！」

賈爾德粗暴地甩開金髮少女的手臂。

「好吧，不過已經沒有時間了。要讓種族轉變，必須花費多少時間？」

「這點你不必擔心，只要現在當場花一點點時間就能完成。」

「什麼？」

賈爾德的胸口被抓住，在他意識過來前，金髮少女的牙齒已經咬破了他的脖子。

伴隨著粗暴的聲響，賈爾德脖子上的皮膚裂了開來，血液也被吸走。

「嘎……嘎啊……！」

剎那，吞噬野獸本能的鮮紅血潮在他的體內竄流循環。心跳如同洪水般不規則地起伏著，細胞也彷彿被丟進火中的柴薪，一個個發出了慘叫。

在意識逐漸沉入地獄大鍋的過程中，賈爾德明白自己究竟和誰進行了交涉。

（居……居然是純種的吸血鬼──「箱庭騎士」！這女的，該不會是！）

「話先說在前面，我可沒有騙你喔？因為我的確將鬼種的恩賜給了你。」

金髮少女伸出舌頭舔了舔嘴唇。明明她臉上露出了符合年齡的促狹笑容，卻又帶著足以讓觀者內心急速降溫的悽豔美麗。

「好啦好啦，到底會怎麼應對呢？新生『No Name』。」

＊

──「No Name」居住區域，水門前。

四人一貓穿過了廢墟，來到逐漸有一些外觀完整的空屋並排而立的地點。四人直接穿過了居住區，準備去看看把被稱為水樹的樹苗設置在蓄水池裡的情況。蓄水池那邊似乎已經先有來

客，原來是仁和共同體裡的孩子們拿著清潔工具在掃除水道。

「啊！各位！水道和蓄水池已經準備好了！」

「仁少爺您辛苦了♪大家也有幫忙清掃嗎？」

吵吵鬧鬧的孩子們聚集到黑兔身邊。

「黑兔姊姊回來了！」

「雖然很想睡但我也有幫忙打掃喔！」

「那個那個，新來的人是誰？」

「很強嗎？很帥嗎？」

「YES！是一些很強又很可愛的人喔！我會介紹給大家，所以請排成一列吧。」

黑兔「啪」地打響手指，孩子們以整齊劃一的動作排成了一橫排。

人數大約有二十人左右吧，其中也有貓耳或狐耳的少年少女。

（還真的全都是些小鬼，有一半不是人嗎？）

（實……實際見到才知道比想像中還多呢，而且這樣才六分之一？）

（……我不擅長應付小孩呀，真的沒問題嗎？）

三人在內心發表各自不同的感想。不管是討厭小孩還是怎樣，既然往後要和他們一起生活，為了避免摩擦，就必須保持一定的交流。

嗯哼！黑兔裝模作樣地咳了一聲之後開始介紹三人：

「從右邊開始是逆廻十六夜先生、久遠飛鳥小姐、春日部耀小姐。大家也都知道，我們的共同體都靠有力量的遊戲參賽者來支撐，所以無法參加恩賜遊戲的人們必須支援參賽者們的私生活，鼓勵他們，有時候甚至得為了他們粉身碎骨也在所不惜。」

「哎呀？沒必要做到那種地步呀，放輕鬆一點也沒關係。」

「不行，那樣一來就無法維持組織。」

黑兔以極為嚴厲的聲色拒絕了飛鳥的提議。

這是她在今天一整天中，最認真的表情和語氣。

「共同體是靠著參賽者參加恩賜遊戲，並仰賴他們帶來的恩惠才有辦法維持生活。既然要在箱庭世界中活下去，這就是絕對無法避開的規矩。如果因為孩子們年紀還小就寵他們，對他們的將來並沒有好處。」

「…………是嗎。」

黑兔以讓人無法反駁的氣勢讓飛鳥閉上了嘴。這應該是至今為止的三年間，一直靠自己一人來維持共同體的黑兔才能理解的嚴苛現實吧。

同時，飛鳥也想到……自己必須擔負起的責任，說不定比原來的預估還要沉重許多。

「這裡都是年紀比較大的孩子們。雖然無法參加遊戲，不過如各位所見，也有些擁有獸類恩賜的孩子。所以如果有什麼事情想交待，請讓這些孩子們來辦吧！大家應該也沒問題吧？」

「請多多指教！」

嘰——二十人左右的孩子們以簡直讓人耳鳴的超大音量喊著。

三人感覺到自己彷彿受到音波武器攻擊。

「哈哈，真有精神。」

「是……是呀……」

（……我……我真的沒問題嗎？）

只有十六夜一個人哇哈哈笑著，其他兩人都露出了難以形容的複雜表情。

「好啦，自我介紹也結束了！就來種水樹吧！人家會讓根部埋到台座上，可以麻煩十六夜先生從恩賜卡裡拿出水樹嗎？」

「了。」

雖然水道已經乾涸了好幾年，構造卻依然堅固挺立著。只不過各處都出現裂縫，重要位置也堆積著沙土。再怎麼說也無法把所有的沙塵都清乾淨吧。

春日部耀站上石牆，一臉稀奇地張望著四周。

「這個蓄水池很大呢，差不多可以算是一個湖泊了。」

「是呀，進入大門後到處都可以看到水道，要是全部有水流通應該很壯觀吧？不過這些東西應該很久沒用了吧？是這樣嗎，兔耳大姊？」

黑兔抱著樹苗轉一圈回過身子。

「是呀，最後用到的時間是三年前喔，三毛貓先生。本來蓄水池的台座上設置了由龍之眼加工成水珠的恩賜，不過那東西也被魔王奪走了。」

聽到這句話，十六夜的眼中發出了燦爛的光彩。

「龍之眼？那是什麼？好帥超想要！去哪裡可以拿到？」

「這個嘛，要去哪裡才行呢？就算人家知道也不會告訴十六夜先生。」

一旦告訴十六夜，他絕對會去找龍挑戰吧。再怎麼說，萬一他隻身找龍挑起戰鬥，根本無法出手幫忙。黑兔隨便把這件事敷衍過去，而仁則把話題帶回原本主題：

「雖然我們有時會維修水道，但畢竟也只進行了最低限度的保養。而且我想光靠這棵水樹，應該無法填滿這個蓄水池和所有水道吧。所以我們截斷了通往居住區的水道，只打開直接連向總部本館和別館的部分。這段水道在大家去河邊汲水時就經常在使用，因此沒有問題。」

「咦？有方法可以從距離數公里的河川裡運水過來？」

仁和孩子們代替忙著種樹苗的黑兔回答：

「是的，大家都一起雙手拿著水桶去提水回來。」

「不過有一半左右會因為跌倒而灑光呢～」

「要是黑兔姊姊也可以去箱庭外面提水就好了！那樣她就能幫我們填滿整個蓄水池呀。」

「……是嗎，真是辛苦啊。」

飛鳥露出有些失望的表情。

她原本大概是在期待某種更創新又幻想的方式吧？然而要是真有那種方式，黑兔肯定就不必因為缺水而煩惱，也不會因為水樹而高興成那樣。

黑兔跳出一大步，前往蓄水池中心的柱形台座。

「那麼我要解開樹苗的繩子，把樹根種下去囉！十六夜先生請打開通往本館的水門！」

「了。」

十六夜進入蓄水池打開水門。黑兔一解開綑著樹苗的繩子，就有一股如同大浪的水流從包住根部的布巾內滿溢而出，化為一股激流灌滿蓄水池。

負責開啟水門鑰匙的十六夜嚇得大叫：

「等……給我等一下！我今天可再也不想弄濕了啊！」

今天一整天不斷變成落湯雞的十六夜慌忙跳上石牆。

包裝打開後，水樹的樹根瞬間纏上了台座，繼續流出更多水。

樹上翠綠的葉子由於樹枝間冒出的清水和月光的照耀，散發出燦爛的光輝。

「哇喔！這孩子比我預估的還有精神♪」

以湍急水勢穿過水門的激流一直線地逐漸填滿了通往本館的水道。水樹冒出了比原本預估更多的水量，逐漸提升了蓄水池的水位。

看到像以前那樣慢慢充沛起來的水源，仁感動地低聲說道：

「好棒啊！這樣一來說不定可以把水用到生活以外的用途上……！」

「什麼？該不會要務農吧？」

「類似。例如只要繁殖水仙卵華這類能在水面上自生的花類恩賜，即使不參加恩賜遊戲也能成為共同體的收入。而且這種工作大家都辦得到……」

「喔？那，水仙卵華是什麼東西，小不點少爺？」

咦？仁訝異地半張著嘴。並不是因為十六夜不知道這個植物。

讓他驚訝的原因，是十六夜突然毫無預兆地以「小不點少爺」這種同時帶著尊敬和嘲笑，實在讓人很難反應的暱稱來稱呼他。

「水……水仙卵華別名叫『Aqua franc』，是一種具備淨水功能的亞麻色花朵。也會被用在藥浴上或是當成觀賞用品種買賣。我記得噴水廣場那邊應該就有。」

「喔，就是那個卵形的花蕾嗎？早知道是那麼高級的東西，我就摸一個回來了。」

「你……你在說什麼啊！水仙卵華即使在南部區域和北部區域也會被當成恩賜遊戲的籌碼，要是私自摘取，就是犯罪行為！」

「喂喂，還是小孩子何必計較這種小事呢？小不點少爺。」

仁似乎被惹火了，打算開口反擊。

然而十六夜卻伸出右手制止他，以認真的表情和充滿魄力的語氣說道：

「不好意思啊，在我認同你之前，我可不會稱呼你為『領導者』喔。這個水樹也是一時興

起才會收下帶來，我可完全沒有『為了共同體好』之類的念頭。」

仁一時語塞。他已經從黑兔那邊得知打倒蛇神獲得這棵水樹的人是十六夜。由於期待他是個強大戰力，因此這番話帶來的衝擊也特別強烈。

「我也跟黑兔說過了，我會償還召喚我來的這份恩情，因為箱庭世界似乎能讓我不再無聊。但萬一義務盡完時這個共同體卻變得乏味……我可會毫不猶豫地退出，聽懂了嗎？」

十六夜以聽起來像是真摯又像是威脅的語氣說著。雖然之前注意力一直放在他那輕浮的態度上，然而其實這個男子才是三人中最棘手的問題兒童。

仁並不明白十六夜口中的「乏味」是指什麼情況，然而正因為如此，他也像是下定決心般地用力點頭回應。

「我們是主張『打倒魔王』的共同體，並沒有打算一直依賴黑兔下去。我會在下次的恩賜遊戲裡……證明這一點。」

「是嗎？真讓人期待啊，小不點少爺大人。」

十六夜表情一變，開始輕浮地哈哈大笑。雖然這個稱呼讓仁不太高興，不過現在只能當成無可奈何的情況，把抱怨又吞了回去。因為和一直靠著黑兔的仁不同，新加入的同伴十六夜對共同體更有貢獻。

（第一次參加的恩賜遊戲……我也得加油才行。）

仁望著倒映在水面上的十六夜之月，低聲喃喃自語。

＊

眾人到達本館時，已經是半夜了。在月光照出的輪廓襯托下浮現而出的總部看起來像是間旅館般巨大。耀抬頭望著被當成總部的本館，似乎很感嘆地喃喃說道：

「遠遠看來就覺得大了……近看更大。我們該住在哪裡？」

「依據共同體的傳統，能參加恩賜遊戲的人會獲得階級，由最高階開始住在最上層……不過，現在就請各位選擇喜歡的地方使用也沒關係，畢竟要移動也不方便。」

「是嗎，那邊的別館可以用嗎？」

飛鳥指了指蓋在本館旁邊的建築物。

「喔，那是孩子們住的別館。本來有別的用途，不過現在因為維安問題所以大家都住在那邊。如果飛鳥小姐想和一百二十個孩子住在一起的話……」

「我還是算了。」

飛鳥立刻回答。即使不算討厭，她應該也不想應付那麼多小孩吧。

三人先把對於箱庭和共同體的問題等放一邊，提出了「總之現在很想洗個澡」的強烈要求，因此黑兔開始著手準備浴室。

看到好一陣子沒用的大浴場之後，黑兔整張臉都綠了。

「麻煩各位先稍等一刻鍾左右！人家會立刻打掃乾淨！」
她大叫著開始打掃。恐怕那裡已經成了很悽慘的景象吧。
三人先各自把分配到的房間逛了一圈，才前往客人用的貴賓室集合。
「小姐……老頭子我可以不要洗澡嗎？」
「不可以，三毛貓也得好好洗個澡才行。」
「……喔？雖然之前已經聽說過了，不過妳這傢伙真的聽得懂貓說話啊。」
「嗯。」
「喂小鬼！居然用『傢伙』稱呼小姐是什麼意思！要是太囂張，老頭子我就讓你的床上沾滿貓毛喔！」
「不可以說那種話。」
聽在旁人耳裡只是喵喵的叫聲，耀卻會做出反應，這副光景旁觀起來有點詭異。飛鳥似乎有點難以啟齒地提了個問題：
「雖然這個問題有點多管閒事……不過春日部同學無法交到朋友的原因該不會是……」
「我有很多朋友啊，只不過不是人類而已。」
聽到這種拒絕進一步探詢的語氣，飛鳥也閉上了嘴。
在那之後不消多久，走廊上就傳來黑兔的叫聲。
「浴……浴室準備好了！女性優先！」

「謝謝，那不好意思我們就先去洗囉，十六夜同學。」

「我是喜歡第二個下去泡澡的人所以沒什麼問題。」

三名女性直線往大浴場前進，十六夜獨自在貴賓室裡休息了一陣子之後，突然開口說道：

「好啦——趁現在來跟外面的傢伙們把話說開吧。」

*

三名女性在大浴場裡把身體洗乾淨，泡進熱水裡面後，才像是總算緩了口氣般地放鬆下來。大浴場的天花板大概和箱庭的帷幕相同，呈現透明可以看到夜空的滿天星斗。

黑兔抬頭望著上方，彷彿在回想這漫長一天般地舉高兩手伸了個懶腰。

「真是漫長的一天。因為人家完全沒料到，呼喚新同伴前來居然會是這麼辛苦的事情。」

「這是在拐著彎嫌我們不好嗎？」

「當……當然沒有這種事！」

黑兔慌慌張張地否定，嘩啦嘩啦地濺起一陣熱水。身旁的耀像是被浸透般露出陶醉表情沉在熱水裡，還用已經暈陶陶的面孔說道：

「這個熱水……有森林的味道，讓人非常放鬆。要是三毛貓也肯來洗就好了。」

「是呀～因為這裡直接使用水樹湧出的水，人家認為三毛貓先生應該也會喜歡。而且這是

淨化過的水，直接喝下去也不會有問題。」
「嗯……說起來，黑兔妳也聽得懂三毛貓的話？」
「ＹＥＳ♪由於『審判權限』的特性，除非是相當特殊的物種，否則人家都能溝通喔！」
是嗎，耀短短回答。語氣聽起來似乎有點高興，應該不是錯覺吧。
飛鳥重新盤好那頭秀亮的長髮，陶醉地喃喃說道：
「感覺有點像在泡溫泉呢，我喜歡這種浴室。」
她抬起右手臂，用左手摩擦幾下。光是這樣就讓人有肌膚變美的錯覺。
「產生水的樹木……那也是被稱為『恩賜』的東西嗎？」
「是的。『恩賜』可以變換成各式各樣的形式，但唯有寄宿在生命之上才會發揮力量。這棵水樹是獲得了『高靈格的靈樹』和『水神恩惠』後才產生的恩賜。如果恩惠寄宿在生物身上，就會以『能操控水的恩賜』這種形式具體呈現。」
「操控水？不是產生水嗎？」
「雖然也不是辦不到，不過很難像靈樹這樣產生出乾淨的清水。而且水樹產水時也不是無中生有，其實正確答案是透過葉子吸收大氣中的水分後，再增加份量。如果想要從完全的無製造出有限物質，就必須具備和白夜叉大人或龍同等的自身力量才行。」
是嗎？飛鳥心不在焉地回應。
她抬頭望著滿天星空，接著像是突然想到般開口問道：

「講到龍……之前說的龍之眼也是在恩賜遊戲裡取得的東西嗎？龍主辦的遊戲是怎麼樣的遊戲呢？」

「這……這件事人家實在不清楚。因為人家加入共同體時，那東西已經在台座上了。」

「哎呀真遺憾。我本來想當成明天恩賜遊戲的參考呢。」

黑兔把飛鳥的言論視作杞人憂天，只是一笑置之。

「怎麼會！『Fores Garo』不可能準備那麼大規模的遊戲。因為這是關係到對方共同體存亡的遊戲，所以我想應該會是一場以對方擅長範疇的『力量』作為競爭項目的遊戲。不過飛鳥小姐你們一定沒有問題吧？除非是極端仰賴『運氣』的遊戲，否則不需要擔心。」

飛鳥立刻露出厭惡表情提出反問：

「該不會也有完全依靠運氣的遊戲吧？」

「YES！因為恩賜遊戲也是五花八門嘛。純粹測試『運氣』的恩賜遊戲也所在多有，最具代表性的應該是使用骰子的遊戲吧。」

「是……是嗎……」

飛鳥的表情扭曲，似乎感到很複雜。既然要進行賭上共同體存亡的遊戲，她可不希望對方做出任憑運氣決定一切的行徑。那種決鬥，實在太不精彩了。

「恩賜遊戲……嗎？我本來是認為只要有趣就夠了，不過考慮到共同體，似乎不該亂來。春日部同學覺得如何？」

飛鳥把話題帶到耀身上，已經完全沉浸在浴池裡的耀猛然回神，做出回應：

「我認為只要贏了就好。只要獲勝，我們能得到樂趣，共同體也會開心，一舉兩得。」

「正如耀小姐所說！享受遊戲樂趣可是一流參賽者的條件喔！」

「能獲得認同真是太好了。」

到現在，飛鳥才介意起自己不該在無報酬的條件下接受「Fores Garo」的恩賜遊戲。反正是場確定會獲勝的比賽，要是當初挑釁對方拿全部財產出來作為賭注就好了。

黑兔靠近兩人，似乎想要改變話題。

「話說回來兩位小姐！既然我們都已經這樣袒裎相見了，如果方便的話，可以讓人家也請教兩位的事情嗎？例如關於興趣或故鄉等事情。」

「哎呀，為什麼妳會想問這些事？」

「那當然是因為人家的好奇心囉！兩位是人家長年以來一直引頸期盼的年輕少女同伴，人家對兩位可說是充滿興趣♪」

黑兔帶著開心笑容提問，雖然這是個沒有內情也別無他意的發言，兩人卻露出了不太情願的表情。這也是因為當初的邀請函上寫了這樣的文字：

「捨棄家族、友人、財產，以及世界的一切，前來『箱庭』。」

如果可以的話，她們盡量不想做出事到如今還要回顧那些已捨棄之人事物的行為。

「嗯……也是啦，畢竟以後大家要一起生活，如果是一些不痛不癢的事情那就沒關係。」

「我不太想說，不過，我想問問題。我對黑兔妳有興趣。妳的頭髮居然會變成櫻花色，還蠻酷的耶。」

「哎呀呀？人家酷嗎？」

「那一點我也很在意。那就當作是彼此交換情報，這樣如何呢？」

三個女孩就這樣泡在熱水裡好一陣子，開心地聊了起來。

＊

這天晚上的月亮是十六夜之月。

逆迴十六夜離開黑兔他們請他住宿的本館，來到共同體孩子們居住的別館前方，像個凶神惡煞般地雙手抱胸站在原地不動。

「喂～……你們再不快點決定，我就不能去洗澡啊。」

沙沙……風吹動樹木。雖然乍看之下似乎沒有其他人在場，但十六夜依然露出一臉不甚耐煩的表情，像是在跟哪個人說話般地繼續自言自語：

「要在這裡動手嗎？還是不要？真有意思要打的話也差不多該下定決心放馬過來了吧？」

沙沙……再度響起只有風吹動樹木的聲響。看起來依舊不像是有誰躲藏在這裡。

十六夜像是不以為然般地撿起了幾個石頭，接著輕輕對著樹後暗處丟了過去。

「嘿！」

轟隆！現場響起根本無法從他那隨便的動作想像到的超誇張爆炸聲，周圍的樹木全被炸翻，同時出現的人影七零八落地遠遠被拋向半空，讓別館的玻璃窗還跟著搖晃了一陣。

不知道發生什麼事而慌忙衝出別館的仁向十六夜問道：

「怎……怎麼了？」

「好像有入侵者喔？我看應該是那個『Fores Garo』的傢伙吧？」

黑色人影和瓦礫噗通噗通地從空中掉到地上。

還保有意識的人勉勉強強站了起來，看著十六夜他們。

「這……這是什麼亂七八糟的力道……！打倒蛇神這消息原來是真的嗎！」

「嗯……這樣的話說不定可以在和賈爾德那傢伙的遊戲中取勝……！」

入侵者的視線裡感覺不到敵意。或許是察覺到這一點，十六夜走向入侵者，向他們搭話：

「喔？什麼啊，你們幾個不是人類嗎？」

入侵者的外型各有一部分完全不同於人類。

有的擁有犬耳，有的長著長長體毛和利爪，還有的具備像是爬蟲類的雙眼。

十六夜滿懷興趣，像是在品頭論足般地凝視他們。

「我等是以人類為基礎，擁有各式『野獸』恩賜的生物。不過由於恩賜的等級太低，因此只能像這樣變換出不完整的外貌。」

「喔……那，你們應該是想說什麼所以才沒動手吧？好啦，快說！」

十六夜帶著笑容對他們說話，然而全部的入侵者都憂鬱地保持沉默。

他們對著彼此使了幾個眼色之後，才像是下定決心般低下頭。

「我們忍著羞恥拜託你！能不能將我等的……不，魔王麾下的共同體『Fores Garo』徹底消滅殆盡呢！」

「我才不要。」

十六夜乾脆地拒絕了這個豁出一切的請求。入侵者們都一時無語，僵在原地無法動彈，而原本在旁邊觀察情況的仁也錯愕地半張著嘴。

十六夜一口氣換上了興趣缺缺的表情，轉身背對入侵者們。

「反正你們幾個也是被那個叫賈爾德的傢伙扣留人質的人吧？我看這次應該也是接到命令所以跑來抓小鬼們？」

「啊……是的。我們完全不知道您已經知曉到此地步，真是做出了失禮的行徑……我等也是被扣留人質之身，實在無法違抗賈爾德的命令。」

「喔，關於那些人質，已經不在這世上了。好！這個話題結束！」

「────……什麼！」

「十六夜先生！」

仁慌忙介入兩者之間，然而十六夜連對仁也維持著冷漠的聲色。

「有必要隱瞞嗎？反正只要你們明天打贏恩賜遊戲，消息就會整個傳開吧？」

「就……就算那樣也該考慮一下措辭之類的問題吧！」

「哼！你是要我將心比心嗎！這玩笑開得太過了，小矮子大人，你仔細想想吧。被殺的人質是被哪些人抓走的？不就是眼前這些傢伙嗎！」

仁猛然一驚，回頭看向那些入侵者。如果說他們為了救助人質而抓走新的人質……那麼即使說人質有一半算是被他們殺死，其實也不為過。

「解決惡人聽起來的確很帥，不過我可沒有好心到連一丘之貉來拜託我都肯幫忙！」

「這……這麼說來……人質真的已經……」

「……是的，賈爾德似乎會在抓到人質的當天就下手殺害。」

「怎麼會……！」

所有入侵者都當場沮喪地低下頭。他們就是為了人質而一直為非作歹至今，知道那些人質其實已經全部死亡，帶來的衝擊恐怕難以估計吧。

十六夜看著陷入絕望的他們，腦中突然靈機一動。

（魔王麾下的卑劣惡徒……說不定這招行得通？）

他一轉身，露出彷彿想出新惡作劇的小孩笑容，拍了拍入侵者的肩膀。

「我說你們，恨那個『Fores Garo』和賈爾德嗎？希望他們受到教訓嗎？」

「當……當然！都是因為那傢伙，我們至今遭受了多少痛苦……！」

「是嗎是嗎，不過你們卻沒有打倒他的力量？」

這些男子不甘心地用力咬緊嘴唇。

「那……那傢伙再怎麼說也是魔王的部下，更何況恩賜的等級也遠高於我們。我們即使去挑戰遊戲也絕無勝算！不，就算能取勝，萬一因此被魔王盯上……」

「如果有個為了打倒那個『魔王』而存在的共同體呢？」

咦？所有人都抬起頭。十六夜摟住仁的肩膀把他拉近身邊。

「這位仁少爺說，他要成立一個以打倒魔王為目標的共同體。」

「咦！」

包括所有入侵者以及仁本人都大吃一驚。這目標似乎很類似這個共同體的主旨卻又似乎完全不同。仁的目的是要保護這個共同體，以及只想打倒奪走旗幟的那個魔王。

然而在十六夜剛剛的說明中，聽起來就像是一個以全部魔王為對象來活動的共同體。

這恐怕史無前例的共同體讓入侵者們困惑地又確認了一次：

「以打倒魔王為目標的共同體……？這……這到底是……」

「就像你們剛剛聽到的那樣啊。包括魔王本身以及其魔下在內，我們將會保護所有共同體不受到魔王威脅。然後受到保護的共同體必須異口同聲地這樣幫我們宣傳：『謝絕強迫推銷、搭訕拉客、以及魔王相關者。若有疑問，首先請找仁．拉塞爾洽詢』。」

「開……」

開什麼玩笑！仁雖然很想這麼說，卻被十六夜塞住了嘴巴，他本人可是非常認真。

十六夜用力起身，就像是在抵擋強風般張開雙手。

「人質的事真的很遺憾。不過你們可以安心了，明天仁・拉塞爾率領的成員將會為你們報仇雪恨！之後的事也不必擔心！因為我們的仁・拉塞爾已經為了打倒『魔王』挺身而出了！」

「喔喔……！」

十六夜以誇張的語氣發表宣言，而看在入侵者們的眼中這就代表了希望。

被十六夜抓住的仁雖然拚命掙扎，卻被十六夜的怪力壓得死死，根本連話也說不出口。

「好啦！回去你們的共同體吧！記得要向盟友共同體好好宣傳！告訴他們，我們的仁・拉塞爾將會打倒『魔王』！」

「知……知道了！明天請加油啊！仁少爺！」

「等……等等……！」

仁的叫聲並沒有傳達給他們，轉眼之間那些入侵者就全跑光了。

十六夜放手之後，仁只能茫然自失地跪倒在地。

＊

洗好澡的三名女孩穿上事先準備好用來代替睡衣的連身家居長裙後，就這樣直接前往黑兔的房間，好挑選明天開始要使用的換洗衣物。尤其是飛鳥是在穿著正式服裝的情況下來到這個箱庭世界，因此完全沒有平常能穿著的便服。耀照舊喜歡簡潔的服裝因此沒有什麼問題，然而飛鳥恐怕無論如何都無法輕易接受吧。

「難得來到如此美妙的世界，就算把同樣不尋常的服裝當便服，應該也不成問題吧？」

「那當然。不過，人家不知道自己的衣櫃裡能不能找到讓飛鳥小姐滿意的衣服……」

窸窸窣窣，黑兔在衣櫃裡翻找著。

這時飛鳥的視線隨便一掃，就注意到房間深處的另一個壁櫥。

察覺到她的反應後，黑兔的兔耳跳了一下，像是想到了什麼好點子。

「對喔，那邊的壁櫥裡有人家被要求在當裁判時穿著的服裝……！」

黑兔打開壁櫥，裡面掛著各式各樣的服裝。

「飛鳥小姐喜歡一件式嗎？還是喜歡兩件式？」

「如果真的要選，應該是一件式吧。」

「對吧對吧♪人家也喜歡一件式。裙子可以嗎？」

「我是沒有特別堅持……不過黑兔妳的裙子長度，會讓人有點不好意思。」

「嗚嗚，果然嗎……其實人家也喜歡長裙……」

翻翻找找。她到底有多少套服裝呢？黑兔把衣服一件件翻出來丟到旁邊，東挑西選。

找著找著，在壁櫥裡尋寶的黑兔突然開口說道：

「啊！這件怎麼樣呢！」

唰！她攤開一件大紅色的服裝。是一件式的長裙——正確的說法是，根本完全就是一件禮服。由於這件衣服過於豪華，耀甚至連連眨了三次眼睛。

「……要把這個當成平常穿的便服？」

「哎呀，這不是很棒嗎？我也喜歡這樣子的衣服。」

意外表現出肯定反應的飛鳥脫下連身家居長裙後，當場換上那件禮服。黑兔一邊幫忙她穿上衣服，一邊說明這件衣服的典故。

「這件衣服是白夜叉大人送人家在當裁判時穿的。因為兔子們只要受到委託，也會負責那種在擔任裁判時兼任司儀，讓遊戲更加熱鬧的工作。」

「這樣啊。」

「YES。所以這件衣服上面附加了能守護使用者的庇蔭。明天參加恩賜遊戲時穿著這套服裝去或許正適合。」

飛鳥到現在才總算了解黑兔的用意。

她應該是認為，如果是這套不只有著華麗外貌同時還帶有恩賜庇護的禮服，無論是平常或是緊急狀態時都可以拿來使用吧。

飛鳥穿著禮服，踩出一步、又一步。

長度及地的美麗蕾絲布料配合飛鳥的腳步，像是跳舞般地飛揚起來，讓她產生穿上這套衣

服反而身體更輕盈的錯覺。

飛鳥感嘆地說道：

「……真讓人吃驚，我第一次穿到如此方便行動的裙子──」

「嘻嘻，這是當然的！畢竟這套服裝……」

「──不過，胸部太鬆了。」

咦？黑兔停止說話，凝視著飛鳥從胸部以下的身材曲線。

雖然以十五歲的少女來說飛鳥也算是發育得很好，然而和黑兔的身材相比仍舊較不成熟。

黑兔一看之下像個少女，不過豐滿的胸部和從肚臍到臀部這段很有女人味的圓滑曲線，為她營造出理想的身型。

腰身等部分勉強算是合尺寸，然而禮服胸前卻明顯太鬆。

黑兔連忙把話題應付過去：

「哎呀呀！這……這個……就……就是呀！人家會趁今晚把衣服修改成合乎飛鳥小姐的尺寸！應該趕得上明天的遊戲……！」

「……是呀，那就麻煩妳了。」

飛鳥帶著複雜表情答應。雖然沒有直接說出口，但她感覺到難以言喻的落敗感。就算是個問題兒童，她依然是個青春期少女。

不久之後，總部的走廊上就傳來砰砰砰有人衝過去的聲響。

*

仁拖著十六夜來到總部最上層的大會議室之後，終於再也無法忍耐開口大吼：

「您到底在打什麼主意！」

「只是『打倒魔王』變成了『打倒所有魔王與其相關者』而已吧？『因為魔王而感到困擾的您，請聯絡仁・拉塞爾』——我想宣傳標語就用這句吧？」

「這一點都不好笑也不是什麼該拿來笑的事！看過這個共同體的入口之後，您應該已經理解魔王的實力了吧！」

「當然。能和擁有那種有趣力量的傢伙在遊戲裡對戰，不是最棒的事情嗎？」

十六夜在大會議室裡的長椅上坐下，整個人癱到椅背上後，才開口表明想和魔王交手的希望。仁一時語塞，又立刻開始質問十六夜的行動。

「有……有趣？那麼十六夜先生打算為了自己的興趣，把共同體逼上毀滅的下場嗎？」

仁的語氣相當嚴厲，畢竟十六夜這番主張不是隨便聽聽就好的發言。

萬一……這個男人只是為了自己的娛樂而試圖利用共同體，不管是多強的戰力，都不能讓他加入。反而必須和黑兔商量並盡快把他趕出去。十六夜則依然維持著平常那種輕浮的笑容。

「不，這是為了發展共同體不可或缺的作戰。」

「作戰？……這是怎麼回事？」

「回答前我想先確認一下。小不點少爺你在把我們召喚出來後，原本想怎麼和魔王對戰？製造出那片廢墟的傢伙，還有擁有白夜叉那種力量的傢伙，就是所謂的『魔王』吧？」

仁沉默了下來。雖然內心期望要奪回名譽和打倒魔王，但是他並沒有以領導者身分立下明確的方針。仁絞盡自己還不成熟的智慧，做出回答：

「首先……我就是想要確保水源。因為只要正確整合新人才和作戰，即使無法達到水神等級，也有能確保水源的手段。不過關於這點，十六夜先生已經取得了超乎預估的成果，因此這點我真的很感謝您。」

「喔，要對我感激涕零啊！」

仁無視呵呵大笑的十六夜，繼續說道：

「只要穩定地破解恩賜遊戲，共同體就一定會變強。就算召喚來的同伴能力並不強大，只要同心協力就可以壯大共同體。更不用說現在聚集了如此優秀的人才……我想無論什麼樣的恩賜遊戲，應該都能夠對應。」

「意思就是滿腔期待，滿心希望囉？」

十六夜依然完全沒有表現出反省自己的態度。仁終於無法繼續忍耐，激動地喊了起來：

「可是……可是，十六夜先生卻只是為了自己的娛樂，做出會讓共同體陷入危機的行為！要是什麼『以打倒魔王為目標的共同體』這愚蠢的宣言被張揚出去，到最後絕對無法避開和魔王間的遊戲！你真的明白這是怎麼一回事嗎！」

仁一邊大叫，一邊用力敲打大會議室的牆壁，他應該是真的很難以平靜吧。

看著這樣的仁，十六夜收起臉上的輕浮笑容，換上了帶著輕蔑的眼神。

「真是讓人受不了的傢伙。居然是基於那種紙上談兵的理論來主張什麼重建、什麼榮譽。你真是讓我失望啊，小不點少爺。」

「什麼！」

「參加恩賜遊戲並累積實力？那種事是大前提。我要問的是，你打算怎麼打贏魔王？」

「所……所以說，要參加恩賜遊戲，增加實力……」

「那，之前的共同體沒有參加恩賜遊戲來增加實力嗎？」

「這……這個……」

仁張口結舌講不出話。十六夜毫不猶豫地繼續追問：

「我再問一件事，之前的共同體能發展起來，全都是靠恩賜遊戲嗎？」

「……不。」

讓共同體發展茁壯的原因，是強力的恩賜以及優秀的恩賜持有者。換句話說就是人才。

倚靠自己才能生存的恩賜持有者會想加入有名的共同體，可說是當然的發展。然而自己這個共同體……卻沒有關鍵的名號和旗幟。

「我們既沒有名號也沒有旗幟，換句話說沒有任何能象徵共同體的東西。這麼一來即使想

藉由口耳相傳來宣揚共同體的存在也無法辦到，正是因為如此你們才會召喚我們吧？」

「…………」

「現在這樣下去，就跟買賣東西時想要匿名簽字沒什麼兩樣。也難怪『Thousand Eyes』不把『No Name』當成客人看待。因為所謂的『無名』，充其量就只是其他諸如此類而已，所以付出信賴會帶來風險。你得打著這個不利的條件，並超越前任共同體的成就才行喔？」

「要超越……前任……？」

聽到這個事實，仁覺得彷彿受到當頭棒喝。

前代的共同體強大到在這個箱庭都市裡也獲得了特別重視。

而缺乏才能，由於境遇和情勢所迫而成為領導者的仁雖然講過要「打倒魔王」，然而十六夜所說的發言卻正是他長期以來一直逃避的現實。

看到仁甚至無法反駁自己，十六夜很不以為然地繼續追擊：

「看你這樣子，真的什麼都沒仔細想過吧。」

「…………嗚！」

由於悔恨，加上被十六夜點出的沉重責任，讓仁無法抬起頭。

然而十六夜卻用力握住仁的肩膀，露出惡作劇般的笑容。

「既然沒有名號也沒有旗幟──所以接下來，就只能拿領導者的名字來大肆宣揚了吧？」

仁猛然抬起頭，同時察覺到十六夜的意圖。面對入侵者時，十六夜不斷強調著仁的名字，以及他作為領導者的身分，意思就是……

「要把我推舉出來……並藉此宣傳共同體的存在，對嗎？」

「嗯，不錯的方法吧？」

仁以和剛才不同的眼神，重新觀察著露出得意笑容的十六夜。

在腦內多次反覆思量他的提議後，仁開始認真地考慮這個作戰。

「的……的確……這是有效的手段。只要領導者成為共同體的代言人並大肆宣揚共同體的存在……說不定就能獲得能和名號及旗幟相匹敵的信賴。」

例如白夜叉，明明只是「Thousand Eyes」的幹部之一，然而她的名號卻強大到甚至傳遍了東南西北。一個出名的領導者，有時也能夠發揮和旗幟相近的效果。

「不過光是那樣還不夠，如果想讓傳言擴散，衝擊性還不夠強烈。所以只要製造出名叫仁．拉塞爾的少年提出了『打倒魔王』的口號，而且曾經打倒魔王一黨的事實——這消息一定會造成漣漪，逐漸擴散開來。而且，不只有魔王會對這件事有反應。」

「那……那還有誰？」

「同樣心中藏著『打倒魔王』這種念頭的傢伙們。」

魔王會基於好玩而對擁有力量的共同體下戰書，即使說箱庭存在的意義就是為了提供他們娛樂也不為過。結果就是，被他們摧毀共同體的人應該多如繁星吧？如果是以些微差距敗在魔王手下的實力者，心中就很可能藏有打倒魔王的想法。

仁聽著這個自己從來沒想像過的具體作戰，內心情緒也跟著高昂起來。

因為十六夜提出的做法相當可行。

「利用我的名字來宣傳共同體的存在……」

「對，這次是個好機會。對方是魔王的麾下，而且是場打得贏的遊戲。被害者又是眾多共同體，可以趁機好好宣傳小不點少爺你的名字。」

就算效果不明顯，也有可能傳達給在二一〇五三八〇外門附近的共同體。

只要賣人情給受魔王麾下欺壓的共同體，傳言就會在背地裡慢慢擴散開來吧。

「是啦，就像小不點大人你擔心的，也有很大的可能會引來其他魔王吧。不過，應該有過成功打倒魔王的前例吧？」

黑兔是這樣說明的：「只要打倒魔王，就能讓對方隸屬於自己旗下」。這句話證明了過去有人能夠打倒魔王，同時也是拉攏強大棋子進入組織的好機會。

「現在共同體最欠缺的就是人才。我不會奢求對方得和我同等，不過起碼想要跟得上我的人才。不過是成是敗全看小不點少爺你。要是有其他更帥的作戰，我也不會吝於協助喔？」

仁再度望向咧嘴笑著的十六夜，先前的怒氣已經消失無蹤。

他的作戰的確合理。要投下贊成票當然不是難事，然而也不能忘記其中還有著嚴重的不安要素。在這個前提之下，仁提出了一個條件：

「我只有一個條件。可以請十六夜先生你一個人去參加『Thousand Eyes』下次舉辦的恩賜遊戲嗎？」

「什麼？要我展現實力嗎？」

「那也是原因之一，不過還有另一個理由。因為在那場遊戲裡，將會提供我們有義務奪回的另一項重要物品作為獎品。」

名號與旗幟。重要程度甚至與這些匹敵的共同體之寶。

「該不會是……以前的同伴嗎？」

「是的，而且不是普通的同伴，是前任魔王。」

十六夜的眼中閃過一道光。輕浮的笑容看來更有魄力，開始散發出帶有危險氣息的氣質。

「喔？前任魔王是以前的同伴嗎？這件事代表的意義可不少呢。」

仁也點頭回應。

「是的，你想的不錯，前代共同體曾經有過和魔王交手並取勝的經驗。」

「而且這世界還存在著那種……即使面對能讓魔王加入的共同體，也照樣能夠摧毀的傢伙──我想暫時就用超魔王這種超美妙的命名來稱呼吧！」

「並……並沒有那種命名。魔王之間也有能力優劣的差別，可以說是各有特色。例如雖然白夜叉大人也擁有『主辦者權限』，但現在已經不再被稱為魔王了。所謂魔王再怎麼說都是指那些濫用『主辦者權限』的人。」

仁解釋，「主辦者權限」本身只不過是讓箱庭更加熱鬧的裝置之一。

在這權限開始被濫用之後，才出現「魔王」這種稱呼。

「遊戲主辦人是『Thousand Eyes』的幹部之一。應該是和打倒我們的魔王進行某種交易才會取得同伴的所有權吧。對方是商業共同體，如果能以金錢尋求解決之道是最好，不過……」

「簡單來說就是窮人命苦吧？總之，我只要奪回那個是前任魔王的同伴就行了吧？」

仁點頭回應。如果十六夜能辦到這件事，無論如何都想要拜託他幫忙。

「是的。如果能奪回，不但能進行對抗魔王的準備，我也會支持十六夜先生的作戰。所以，麻煩先不要告訴黑兔……」

「了。」

十六夜起身，在打開會議室門扉打算回自己房間前，似乎突然想到了什麼，又對仁說道：

「明天的遊戲可別輸啊。」

「是的，謝謝。」

「要是輸了，我可要退出共同體。」

「是的……咦？」

# 第五章

——箱庭二一〇五三八〇外門。裴利別德大道，噴水廣場前。

飛鳥、耀、仁，以及黑兔、十六夜和三毛貓在前往「Fores Garo」共同體居住區的途中，從昨天那個立著「六道傷痕」旗幟的咖啡座傳來呼喚他們的聲音。

「啊～！昨天的客人！各位現在正要去決鬥嗎？」

「喔？麒麟尾的大姊！是呀是呀，小姐他們現在就要去發動攻勢！」

那名貓耳女侍靠了過來，對飛鳥等人鞠了一個躬。

「老闆也吩咐我為各位聲援！我們的共同體也對那些傢伙的惡行感到相當不滿！畢竟不管是這個二一〇五三八〇外門的自由區域、居住區域還是舞台區域，都可以看到他們一直任意地胡作非為！請各位好好教訓他們，讓他們再也無法做出那種不合道義的行徑！」

麒麟尾的貓少女用力揮著雙臂，為一行人加油打氣。

飛鳥帶著苦笑，用力點點頭回應：

「嗯，我們正打算那樣做。」

「喔喔！真是讓人安心的回答！」

貓耳少女也回以滿臉笑容。不過，她突然壓低聲音悄悄說道：

「其實我有事情要告訴各位。聽說『Fores Garo』那些傢伙，似乎並沒有在領地的舞台區域舉行遊戲，而是選擇了居住區域喔。」

「妳是說居住區域嗎？」

回答的人是黑兔，飛鳥則因為第一次聽到的名詞而稍微側了側腦袋。

「黑兔，舞台區域是指什麼呢？」

「是為了舉辦恩賜遊戲的專用區域。」

所謂的舞台區域，是共同體領地中用來舉辦恩賜遊戲的土地。能像白夜叉那樣在不同次元準備遊戲盤面的人可說是少之又少，下層更不用說。

另外還有用來設置商業或娛樂設施的自由區域。

以及用來居住用餐、開闢菜園農場等的居住區域，一個外門能容納數量極為龐大的區域。

「而且！聽說他們還把收進旗下的共同體和成員們全都丟了出來！」

「……這種行為的確很奇妙。」

飛鳥等人面面相覷，不解地歪著頭思考。

「是吧是吧！雖然我也不清楚遊戲內容，不過總之請各位多多小心！」

接受熱烈的聲援之後，一行人前往「Fores Garo」的居住區域。

「啊，各位！可以看到前面就是……是……」

黑兔一瞬間很懷疑自己的眼睛，其他成員也是一樣。這是因為眼前的居住區已經唐突地完全變化成如同森林般的景象。耀摸了摸被藤蔓纏住的大門，抬頭看著枝葉陰翳的樹木開口：

「……熱帶叢林？」

「畢竟是老虎居住的共同體嘛，也沒什麼好奇怪吧？」

「不，很奇怪。『Fores Garo』的共同體根據地應該是普通的居住區才對……而且這些樹木……該不會……」

仁輕輕把手伸向樹木，只見樹枝彷彿生物般有著脈動，透過接觸感覺到類似心跳的鼓動。

「果然——鬼化了？不，不可能……」

「仁弟弟，這裡貼著『契約文件』。」

飛鳥開口說道。貼在門柱的羊皮紙上註明了這次遊戲的內容。

「恩賜遊戲名：『Hunting』

・參賽者一覽：久遠飛鳥

春日部耀

仁·拉塞爾

·破解條件：成功討伐躲藏於主辦者根據地內的賈爾德·蓋斯帕。
·破解方法：只能使用主辦方所指定的特定武器。凡指定武器以外之物皆根據『契約』規範，無法傷害賈爾德·蓋斯帕。
·落敗條件：投降，或是當參賽者無法達成上述勝利條件時。
·指定武器：設置於遊戲範圍內。

宣誓：尊重上述內容，基於榮耀與旗幟，『No Name』將參加恩賜遊戲。

『Fores Garo』印」

「居然把賈爾德本身當作破解條件……還必須使用指定武器才能打倒？」

「這……這相當不妙！」

仁和黑兔都發出了接近慘叫的喊聲，飛鳥擔心地問道：

「這場遊戲真的那麼危險？」

「不，遊戲本身很單純，問題是這份規則。按照這份規則，將無法使用飛鳥小姐的恩賜來操縱賈爾德，也無法使用耀小姐的恩賜來傷害他……！」

飛鳥露出凝重的表情詢問黑兔：

「……這是什麼意思？」

「因為他不是用『恩賜』，而是用『契約』來保護自己。這條件下即使是神格也無法出手！賈爾德利用把自己的性命加入破解條件裡的方法，克服了兩位的力量！」

「抱歉，這是我的疏失。要是我一開始製作『契約文件』時，也當場決定規則的話……既然負責決定規則的是「主辦者」，那麼承諾參加一場尚未定案的遊戲，就等於是自殺行為。從未參加過恩賜遊戲的仁並不清楚參加規則尚未定案的遊戲，是多麼愚蠢的行為。」

「敵方藉著賭命來讓雙方條件持平嗎？以觀眾的角度來看，這麼有趣倒是很好。」

「你講得真輕鬆呢……條件相當嚴苛啊。也沒有寫明指定武器到底是什麼，直接開戰或許會很棘手。」

如此說完後，飛鳥以嚴肅的表情仔細研究「契約文件」。她應該是覺得自己該對這場由她挑起的遊戲負責吧？察覺到這一點的黑兔用力握緊飛鳥的手，為她加油打氣：

「沒……沒問題的！『契約文件』上面已經註明了是『指定』武器！換句話說對方至少必須給予某些提示！如果對方沒有給予提示，就能夠以違反規則來決定『Fores Garo』落敗！只要有我黑兔在，就絕對不會讓對方違規！」

「別擔心，黑兔都這麼說了，還有我也會加油。」

「……嗯，是呀。為了要粉碎那個惡徒的自尊，或許反而需要這種程度的手下留情呢。」

黑兔非常可愛地在旁鼓勵聲援，耀則展現出鬥志。飛鳥也在兩人的激勵之下振作了起來。這是我方提出對方也收下的戰帖，既然還有勝算，就不該放棄。

這時十六夜躲在一旁和仁提起昨晚講過的事情。

「這場比賽要是不能取勝，我的作戰也無法成立。所以只要你們輸了，我就會離開共同體。我沒有打算變更自己的計畫喔？清楚了嗎，小不點少爺？」

「……我明白，我們絕對不會輸。」

不能在這種地方就遭受挫折。三名參賽者打開大門，闖進對方的地盤。

＊

大門開闔或許就是遊戲開始的訊號吧，茂密的森林像是要纏住大門般堵住了三人的退路。

看到這些生長密度繁茂到幾乎要遮蔽光線的樹木，實在不像是有人居住的地方。

推測應該是道路的並排紅磚已經被從下方往上推擠的巨大樹根壓成零散碎片，不再是人類能使用的道路。這樣一來根本無法得知對方會從哪邊出手襲擊。

耀對著面露緊張神色的飛鳥和仁提出建議：

「不用擔心，這附近沒有任何人在，憑味道我就知道。」

「哎呀？妳也跟狗交了朋友？」

「嗯，差不多二十隻吧。」

春日部耀的恩賜只要增加越多獸類朋友，就能變得更強。她的身體能力特別出類拔萃也是因為這個原因，在嗅覺或聽覺等感官方面，耀應該比十六夜還優秀吧。

「可以察知詳細的位置嗎？」

「那就沒辦法知道。不過我們明明處於下風處還是沒有味道，所以我想很可能是躲在哪間房子裡面。」

「那麼首先就從外面找起吧。」

三人開始在森林中探索。這些奇妙的樹木似乎在成長時也順便把房舍都埋了起來，大部分的建築物都被樹枝或樹根鑽破。直到昨天為止應該都還有人使用的居住區已經成了廢墟。

黑兔說過「Fores Garo」不可能安排出大規模的遊戲，可是既然賈爾德僅僅一個晚上就製造出詭異的森林，他的實力應該不容小覷吧。

「對他來說這可是一生一世的大比賽，就算有一、兩張之前一直保留沒用的王牌，或許也沒什麼好奇怪吧？」

「嗯。實際上他的戰鬥經歷可以說是不戰而勝。就算他擁有什麼沒公開的強力恩賜，也不是什麼特別不可思議的事情。所以耀小姐就算找到賈爾德之後，也請繼續提高戒備。」

耀和在地上漫步的兩人不同，她跳上了最高的樹木，負責警戒賈爾德。

「……不行呢，根本沒看到算得上是提示的提示，也沒有找到像是武器的東西。」

「說不定這個部分其實是由賈爾德本人來負責。」

所謂不入虎穴焉得虎子。雖然現在正是這種情況，然而沒有武器就只能單方面承受對方攻擊。如果想要採用風險較低的戰法，出手完立刻脫身，只能倚靠耀的力量。

「雖然不太情願，但還是改變方針吧。首先，借由春日部同學的力量來找出賈爾德。」

「已經找到了。」

仁和飛鳥看向在樹上的耀。

她從樹梢跳了下來，指著還留有紅磚殘骸的道路。

「他在總部裡。雖然只是看到影子而已，但我已經用眼睛確認了。」

春日部耀現在的雙眼和平常的她不同，正以讓人聯想到猛禽類的金色眼球凝視著總部的方向。對鳥類的視力來說，這應該是段沒什麼大不了的距離吧。

「話說回來春日部同學也有老鷹朋友呢。不過妳突然被叫到異世界來，朋友們應該都會很傷心吧？」

「聽……聽妳這麼說……我也有點難過。」

耀一下子洩了氣。

飛鳥帶著苦笑拍了拍她的肩膀，三人一起帶著警戒走向總部。彷彿是為了阻止入侵者而侵蝕道路的樹木像是接獲命令般地彼此緊緊糾結纏繞。

（居然可以讓這麼多樹木鬼化……該不會是她吧……？）

只有仁對可能人選心裡有數。

然而他立刻甩開這個想法，那個人不可能在這裡。

「你們看，連本館都被植物覆蓋了。」

一行人到達「Fores Garo」的總部。上面裝飾著虎紋的大門已經被悽慘地拆下，窗上的玻璃也都碎了。豪華的外觀連同塗裝都因藤蔓入侵而剝落。

「賈爾德之前在二樓，進去也沒關係。」

內部裝潢也是慘不忍睹，極盡奢華的訂製家具全都四處翻倒在地。

三人不免對這個舞台開始產生疑惑。

「這個奇妙的森林舞台……真的是他製作的嗎？」

「……我也不知道。雖然『主辦者』方的成員限定是賈爾德本人，然而舞台製作還是可以委託代理人。」

「就算是委託代理人製作的舞台，也沒有任何陷阱啊？」

耀回答了這個疑問。

「森林是老虎的地盤，準備對他自己有利的舞台是為了發動奇襲……但目的應該不在此。如果這就是原因，那麼他躲在總部就沒有意義。不對，追根究柢根本沒有必要破壞總部。」

對，這一點就是最大的疑問。這個豪華的總部應該是賈爾德為了自我炫耀而建造，也可以說是他的野心象徵吧。他真的會毫無理由地就讓這個總部變成如此悽慘的樣子嗎？

三人產生和至今為止完全不同的緊張感，開始進行探索。

雖然他們甚至還翻找瓦礫仔細調查了每個角落，依然沒有找到可能是提示或武器的物品。說不定武器是一根針，也有可能是完全抬不起來的鐵塊。他們就是在如此不利的條件下挑戰這場遊戲，即使產生了和勝負無關的不對勁感，慎重行動應該依然還是最佳選擇吧。

「接下來就上去二樓吧，不過仁弟弟，請你留在這裡等待。」

「為……為什麼呢？我也擁有恩賜，不會拖累兩位……」

「不是因為那樣，是因為不知道上面會發生什麼狀況，所以才要兵分兩路。我們負責去尋找能破解遊戲的提示，希望你能守住這條退路。」

雖然這是個合情合理的回答，仁依舊感到不滿。然而他也很清楚必須保持退路的重要性，因此他還是心不甘情不願地決定留在樓下等待。

飛鳥和耀沒有發出聲響，慢慢地在四處有樹根阻擋的樓梯上前進。爬上樓梯後兩人來到最後這扇門扉兩側站好，窺探著機會。最後她們打定主意，鼓起勁衝進門內。

「嘎……」

「——……GEEEEYAAAaaa！」

裡面有一隻失去語言能力的虎型怪物，正守著背後的白銀十字劍阻擋在兩人面前。

*

野獸的咆哮聲也傳進了在門口等待的黑兔和十六夜耳中。

躲在森林裡的野鳥們全都一起飛了起來，驚慌失措地四散逃跑。

「剛……剛剛那兇暴的吼聲是……？」

「喔，肯定是使用了虎之恩賜的春日部。」

「啊，原來如此……怎麼可能！再怎麼講剛才那句話都太沒禮貌了！」

黑兔倒豎著兔耳大發雷霆。

十六夜也不是認真的，他聳了聳肩膀做出訂正。

「那就是仁少爺囉。」

「要搞笑也該知道分寸！」

黑兔拿出專用的紙扇用力吐槽，看來他們兩個真的鬧到發慌。

十六夜折斷從大門冒出來的奇妙樹枝，笑著說道：

「不管是剛才的咆哮還是這個舞台，看來成了一場比原先預估還要有趣的遊戲嘛。跑去旁觀會有問題嗎？」

「雖然也有收取費用開放觀眾入場的恩賜遊戲，不過除非一開始雙方就談妥否則不行。」

「什麼嘛，真無聊。就當成是『審判權限』和附帶的人，不就得了？」

「所以人家說不行呀。兔子的美妙耳朵即使從這邊也能了解大致狀況。除非是人家無法掌握狀況的隔離空間，否則禁止入侵。」

嘖！十六夜狠狠咂舌，把在手中亂動的樹枝縱向撕開喃喃說道：

「……什麼尊貴物種的兔子小姐，實在沒什麼屁用。」

「請您至少以人家聽不到的音量抱怨！這樣真的會害人家很消沉！」

黑兔啪啪啪地打著十六夜。

然而能明白狀況的黑兔內心卻七上八下地祈禱三人平安無事。

（這個鬼化植物……一定和她有關，那麼遊戲應該會基於公平的規則來舉行。希望他們三人一定要平安無事啊！）

＊

那隻虎型怪物以快得讓人看不清的速度發動衝刺攻擊，而擋下牠的是挺身保護飛鳥的耀。

勉強閃過賈爾德的衝刺之後，耀對著被她推向樓梯的飛鳥大叫：

「快逃！」

彼此之後都沒有再開口說話。賈爾德的外表已經不再是之前看過的虎人，而是成了一隻雙眼發出紅光的虎型怪物，正待在這裡等著三人自投羅網。守著樓梯的仁一看到賈爾德的樣子，立刻理解他身上發生了什麼事。

「鬼！而且是吸血種！果然是她……」

「不要再多說了快逃吧！」

飛鳥扯住仁的衣領，從樓梯上跳了下去。

把飛鳥和仁定為目標的賈爾德也從樓梯上一躍而下，擋在他們面前。

「GEEEYAAAAaaa！」

「請……請等一下！耀小姐還在上面！」

「**別管那麼多，叫你逃就逃！**」

一聽到飛鳥的命令，仁的意識就像是被海嘯捲走般突然斷了。

他可以感覺到認為必須前去幫助耀的心情被趕至內心角落，神經逐漸全部集中在「必須逃出這棟建築物」這件事上。仁握住了飛鳥的手。

「我要一口氣逃走。」

「咦？」

然後抱住飛鳥的腰把她扛了起來，踢破牆壁逃往外面。至於被仁強制帶走的飛鳥，就這樣被他抱著往前搬運。仁以足以媲美野獸的敏捷動作，在缺乏立足點的路上往前奔馳。

「等……等一下！」

賈爾德或許無法離開那棟建築吧？他目送仁和飛鳥離開後，就回到了館內。

飛鳥就這樣被扛著，穿越了長得蒼翠茂盛的森林。雖然被扛著沒有關係，問題是萬一離總部過遠，那可是超乎預料的結果。飛鳥慌慌張張地再度下令：

「可以了！已經可以了！**現在立刻停下來！**」

「是的………咦？」

仁像是總算回神般地停下腳步。發現原本應該還待在本館裡的自己現在卻身處森林之中，令他一頭霧水。更不用說自己抱著飛鳥的現狀也讓仁感到極為不可思議。

「哇！哇！」

「呀！」

這時，仁像是失去力氣般地往後一倒，他是因為無法繼續支撐飛鳥才會倒下。飛鳥立刻換上不高興的表情，把整個體重壓在仁身上捏住他的臉頰。

「等一下，你這樣未免太沒禮貌了吧？剛剛那種倒下的方式，看起來很像是嫌我太重。」

「不……不是啦不是啦不是那樣！之前我突然湧出連自己都不敢相信的力氣……我想應該是因為飛鳥小姐的恩賜吧？」

唔。飛鳥開始思考，也鬆開捏著仁的手。雖然她並沒有那種意思，然而仁看起來也不像是在演戲。之後飛鳥先把這件事情放一邊去，開始敘述在二樓看到的情況。

「賈爾德保護著的白銀十字劍……銀和十字架，變成吸血鬼的賈爾德——一定沒錯，指定武器就是那把白銀十字劍。」

「吸血鬼？」

「是的。賈爾德原本從人類、虎、惡魔得到了靈格，是藉由這三種恩賜而成的虎人。不過他應該已經藉由吸血鬼之手而從人類變成了鬼種吧。」

這就是賈爾德呈現老虎外貌的理由。吸血鬼插手之後，他已經再也無法幻化成人形，因為能讓他變成人的恩賜已經換成了鬼種。

「該不會準備這舞台的人並不是賈爾德，而是那個吸血鬼？」

「我……我還不確定是否真的是吸血鬼，因為吸血鬼在東側是稀有種。不過背後的確很可能別有黑幕。畢竟賈爾德不可能在失去理性的狀況下建立起這樣的舞台。」

「是嗎……雖然不清楚背後是誰，但真是囂張啊。」

飛鳥不高興地別開臉。自己挑起的遊戲卻被外人插手，光是這樣應該就足以讓她相當火大吧。這時，兩人身邊的樹叢突然晃動起來。

「誰？」

「……是我。」

從樹叢中現身的是滿身鮮血的耀。

兩人一看到耀正在淌血的右手臂立刻發出近似慘叫的喊聲。

「春……春日部同學！妳還好嗎？」

「嗯……不好。非常痛，我真的快要哭了。」

話才說完，耀就當場癱坐在地。她的右手還握著那把白銀十字劍。

「妳該不會一個人跑去拿劍吧！」

「我本來是想要打倒對方……對不起。」

不知道耀是為了什麼道歉。她還沒來得及講出，就完全失去了意識。

「不……不好了！比起傷口本身，出血更為棘手！再這樣下去……！」

耀就會因為失血過多而有性命危險。就算想要趕快進行緊急處理，手邊也沒有可以用來止血的設備。

飛鳥滿心悔恨地站了起來，拿起劍對著仁說道：

「我現在就去解決那隻老虎，仁弟弟你就待在這裡等。」

「飛……飛鳥小姐！不行啊！一個人太勉強了！雖然我也很不甘心，但這次還是投降吧！耀小姐再這樣下去會很危險！沒有其他任何東西可以取代同伴的生命呀！」

雖然會導致必須失去十六夜的結果，然而仁現在無暇顧及那些。畢竟再這樣下去，說不定會同時失去耀和飛鳥。飛鳥以稍微冷靜的語氣回應焦急的仁：

「別擔心，不管對方多強，我也不會輸給一隻沒有智慧的野獸——而且，你不覺得不服氣嗎？春日部同學就是認為我們打不贏，才會一個人去和對方戰鬥啊。」

如果想要打倒獲得鬼種力量的賈爾德，飛鳥和仁兩人都只會礙手礙腳吧。當初耀一看到賈

爾德，立刻就大叫「快逃！」那是因為在場唯一能夠爭取時間的人只有耀一個。

然而飛鳥還以為耀也立刻逃走了。雖然她本來打算先重整態勢之後再度發動奇襲，然而耀卻選擇隻身前去奪劍並和對方戰鬥。

這是因為春日部耀判斷，她不需要無法使用恩賜的飛鳥。

「可以麻煩你用這個止住出血嗎？」

「咦……啊……是的！」

飛鳥解開綁著頭髮的兩條緞帶。

她再一次確定這套大紅色禮服的確很便於行動，才回過頭來對仁說道：

「我會在十分鐘內分出勝負，稍微忍耐一下吧。」

「…………」

或許是聽到飛鳥說話的聲音吧，耀揮揮左手回應，像是在告訴她「慢走」。

＊

賈爾德．蓋斯帕在本館二樓蹲著縮成一團。

在先前的戰鬥中他被砍中左腳，血一直流個不停。

（……是因為被銀劍砍中嗎？）

賈爾德並沒有聽說規則，不，他已經無法理解人語了。金髮的吸血鬼有派了個人來說明規則，然而那個人已經停止呼吸——成了獲得鬼種的賈爾德第一個餌食。雖然賈爾德覺得那似乎是自己的心腹部下，但是現在他也已經不太記得了。

不知道規則的他之所以會守著白銀十字劍，是因為來自特定物種的恐懼。

自從把靈魂賣給惡魔之後，賈爾德再也沒有碰過銀製品。原因應該和狼人一樣，畏懼著銀具備的破魔之力吧。

（以老虎身分過活的那段日子裡，根本沒有畏懼那種東西的必要。不，在森林中，沒有任何東西值得害怕……那麼自己究竟是從何時開始，才變得會對那麼多東西都感到膽怯？）

就是從他獲得人類外貌並住進箱庭裡生活的那段時期開始，賈爾德就變得對許多東西感到畏懼。因為在這個箱庭中，比他具備力量的存在可說是多如繁星。

好不容易獲得權力後，害怕的東西反而變得更多。當他知道有個區區「無名」的共同體居然擁有「箱庭貴族」時，他差點因為過於嫉妒而發狂。

（那份權力和共同體已經全都完了……我剩下的只有這棟房子而已。）

他並不是無法離開這棟建築，而是不願意出去。

殘留下來的少許理性全都寄託在想保護這棟房子的念頭上，遊戲這事甚至連個角落都無法占有。只有這間為了擺擺架子的辦公室，成了賈爾德最後的尊嚴。

所以賈爾德對來到這棟建築物裡的闖入者絕不會手下留情。這裡是他的領土，是他的勢力

範圍。

現在就算是要面對那個金髮吸血鬼，賈爾德也可以毫不膽怯地挑戰。所有束縛都被一一剔除的虎人，正逐漸取回只能靠自身存活那段時期的野性。

而本館在那之後，立刻發生了異變。

（…………？）

刺激著鼻子的異臭。這是很久以前，賈爾德曾在森林裡聞過的味道。不過他想不起來那是何時，又是何種狀況，只有胸中的不妙預感刺激著他的本能。

只要沒有入侵者，他就不會離開二樓的房間。足以動搖這份決心的不安支配了賈爾德的內心。他忍不住衝向外面，接著就因為一樓的慘狀啞口無言。

（房子……正在燃燒……？）

比起怒氣，先湧上他心頭的是來自本能的恐懼。畏懼火焰是野獸的習性，加上這是他生涯中第一個感到害怕的東西。在他還是隻年幼的小老虎時，曾經見識過燒毀森林的熊熊烈焰。

就連將他過去曾以人類身分生存的最後束縛全部燃燒殆盡的，也是這讓他畏懼的火焰。

「GEEEYAAAAaaa！」

賈爾德一股腦衝出建築物。最後的理性已經被冷酷地全數燒毀，那麼留下來的只有以野獸身分重新甦醒過來的，想在森林中奔馳的本能；還有身為吸血鬼而生的吃人本能。最靠近的血腥味並沒那麼遙遠。賈爾德穿過那些分列左右，彷彿在引導他的樹木，前往目標所在。

「……我就是在等你，來得比我想像中快呢。」

老虎在此停下了腳步。並不是因為產生戒心。

而是對目標手上燃燒瓦礫而成的火焰以及白銀十字劍的恐懼。

「哎呀？事到如今才畏縮了起來？以『Fores Garo』領導者身分經營至今的一切已經什麼都不剩了吧？那麼至少你該以森林王者的身分，勇猛地襲擊我才對呀？」

即使出言挑釁，老虎也無法明白人類的語言。

更何況要是他還留有理性，應該會發現森林的異狀。也就是原本生長情形像是在阻止入侵者的這些樹木，現在卻彷彿受到引導而分列左右，形成了一條直線道路。

「……是不是聽不懂我說的話呢？也對，畢竟現在的你是一隻徹底的野獸。」

飛鳥就站在樹木分列左右的直線道路前方。擁有鬼種的賈爾德應該可以踏出遠比豹更迅捷許多的步伐，並一口氣咬碎她的喉嚨吧。然而她手上的火焰卻讓賈爾德無法那樣做。

「還要顧慮到春日部同學的情況，我不能再繼續把時間浪費在這裡。所以……」

飛鳥把火把丟向一旁，這就是信號。她舉起白銀十字劍，將劍尖朝向賈爾德的眉間，擺出正眼的架式。

「這是一對一的決鬥，放馬過來吧。」

「——GEEEEYAAAAaaa！」

賈爾德沿著直線道路往前跑。要是他有智慧，這時應該會發現……

行進路線受限的情況，就等於動作也必然會受到限制。

「哼……！」

面對從正面衝來的賈爾德，飛鳥也同樣從正面迎敵。然而光靠飛鳥的纖細手臂並無法砍殺老虎。就在這之後的下一瞬間，白銀十字劍開始發出光輝。

飛鳥的恩賜——「威光」，原本是一個幾乎還未受到人工雕琢的原石才能。

高度潛力和飛鳥的強烈意志化為力量，並在無意識的狀態下將力量賦加到了各式各樣的動植物或現象上……這是昨晚在總部裡，黑兔對飛鳥的論述。

據黑兔昨晚的發言，飛鳥擁有的原石似乎已經在長時間培育下，傾向「支配」的屬性。

「那麼我的力量也可以支配人類或生物以外的東西囉？」

「ＹＥＳ！如果飛鳥小姐想要擁有目前力量以外的能力，接下來就必須學習讓『什麼樣的對象』發揮出『什麼樣的奇蹟』這一點。然而若是想要改變經歷長時間培育而成的屬性，就必須花費與至今為止的人生等長的時間來修煉。人家比較建議您繼續提升目前的優點——」

然而飛鳥拒絕讓操縱他人的力量變得更強。這一切都是因為顧慮到像春日部耀和逆迴十六夜這樣不需支配也能一起同樂的朋友們。

「——那麼人家就傳授您一個不需要提升操縱人類之力，也能簡單迅速變強的智慧吧。」

無法捨棄目前擁有的才能，要從頭開始培育實在太耗費時間。

所以飛鳥主動接納了過去一直厭惡排斥的支配屬性。

並且讓這個屬性以另一個可能性——「支配恩賜的恩賜」這個方向來開始發展。

「就是現在，**捆住他！**」

在飛鳥的一喝之下，化為鬼種的樹木全都一起把枝椏伸向賈爾德。飛鳥之所以把道路限制為一直線，就是為了要壓迫對方，讓他無處可逃。就算受到契約的保護，兩側遭到壓迫還是會造成行動遲緩。這是身體能力遠遠落後的飛鳥為了求勝而創造出的智慧。

「ＧＥＥＥＥＹＡＡＡＡａａａａ！」

虎型怪物發出嘶吼，想要掙脫鬼化的樹木。然而在那之前，那把基於飛鳥的支配而發揮出完整破魔之力的白銀十字劍，就已經藉由擺出正眼架式的飛鳥之手，貫穿了怪物的額頭。

「ＧｅＹａ……！」

十字劍發出了強烈的光芒，伴隨著斷斷續續的慘叫。這就是虎型怪物的結局。

被怪物最後的抵抗打飛的飛鳥背部重重撞上樹木。或許是肺部遭受了相當大的衝擊，她咳了好一陣子才總算站了起來，以混著苦笑的諷刺表情，對著已經死亡的賈爾德說道：

「現在才說這話是沒什麼意義……不過，你身為老虎時還比較帥呢。」

*

彷彿是在宣告遊戲結束，所有的樹木都一起消失了。聽到原本受到樹木支撐的廢屋一一崩毀的聲音之後，十六夜和黑兔就拔腿往前飛奔。

「喂！有必要這麼急嗎？」

「非常有必要！如果人家沒有聽錯，耀小姐的傷勢應該相當嚴重……！」

「黑兔！快點來這邊！耀小姐有危險！」

比風還迅速的兩人眨眼間就跑到了仁他們附近，躲在廢屋裡的仁放聲大叫好讓兩人停下腳步。一看到耀的情況，黑兔忍不住倒吸了一口氣。

「要立刻把耀小姐送到共同體的工房才行，因為那邊有著齊全的治療設備。至於兩位請和飛鳥小姐會合之後再一起回來。」

「我……我知道了。」

黑兔一抱起耀，就使出全速衝向工房。被她踩在腳下的地面產生了如同隕石坑的龜裂，在她經過之後則揚起了沙塵形成的漩渦。

慢了一拍，她移動的軌跡化為強風使周遭一帶都隨之搖晃。這腳力跟昨天追趕十六夜時簡直有天壤之別。

十六夜以評價般的眼神目送黑兔離開，並露出兇猛的笑容。

「喂，小不點少爺。黑兔擁有能救春日部的恩賜嗎？」

「不，是我們的工房裡面有設置治療用的恩賜，不過由於很難操作，都是一些只有她能使用的東西。」

換句話說，這就等於只有黑兔才救得了春日部。

這結論讓十六夜似乎很滿意地笑了起來，自言自語般地低聲說道：

「果然還是那傢伙最有趣。雖然還遠不及我，但在『No Name』裡顯然水準完全不同。」

比起共同體和同鄉的兩人，十六夜的興趣全集中在黑兔身上。

他之所以會對「No Name」抱著「出手協助也沒什麼不好」這種程度的關心，也全都是因為對黑兔那犧牲奉獻的態度感到好奇。

被歌頌為「箱庭貴族」的兔族。他們基本上都姿色端麗又堅強不屈。在這個聚集了修羅神佛的箱庭裡，他們以強者之姿降生於世，而且應該能獲得萬人寵愛。這樣的黑兔為什麼會如此犧牲地把全部奉獻給和無力小蟲沒兩樣的「No Name」呢？十六夜很想知道其中緣由。

「如果是基於戀愛感情之類的就很容易理解……問題是重點的領導者卻是這樣……」

他往下瞄了仁一眼。兩人視線相對後，仁似乎很歉疚地對著十六夜低頭。

「嗯？你幹嘛對我鞠躬？」

「因為我……到頭來還是什麼都沒辦到就結束了。」

「喔，原來是這件事啊。不過你們確實獲勝了吧？」

十六夜的語氣並不是諷刺，也不是嘲笑，更不是稱讚。甚至也不是安慰。

仁一臉不可思議地抬頭望向十六夜，十六夜則繼續開口補充說明：

「你們贏了，那麼，小不點少爺你應該也占了什麼主要原因吧？至少春日部能活下來是因

為你做出了恰當的處置，不是嗎？」

「是……是的。」

「既然這樣不就好了？我倒是比較想問，這是小不點少爺你第一次參加恩賜遊戲吧？覺得好玩嗎？」

「……不。」

仁以苦悶的表情搖了搖頭。就算獲得勝利，對仁來說，這場出道戰充滿了連續的危機，和輝煌戰果有著相當大的差距。其中雖然多少也因為年幼，然而就算扣掉這部分，仁依然對自己本身如此無力感到非常失望。

「昨晚提到的作戰……把我推舉出來的做法，真的行得通嗎？」

「我是認為沒有別的辦法啦。要是小不點大人您不願意，那在下就停手吧？」

十六夜像是在調侃般地以敬語說道。仁沉默了一秒，搖了搖頭。

「不，果然還是該做。如果是全面推廣我名字的做法，說不定在萬一時，也能減輕大家受害的程度。就算是我，或許至少也能夠成為大家的防風林。」

「……是喔？」

十六夜有點意外。換句話說，仁並非因為沒有其他重建共同體的方法才只能選擇這麼做。他反而願意積極地宣揚自己的名聲，並成為打倒魔王的共同體領導人。而且還很囂張地表示，能讓往後來襲的威脅都集中在自己身上，他感到非常滿足。

真的來到了一個有趣的地方……十六夜拚命強忍著自己想要狂笑的衝動。

*

遊戲結束不消多久，就發布了「Fores Garo」的解散令。

離開居住區去避難的人們得知鬼化的樹木都已消失之後，紛紛聚集到門前。

「是嗎……賈爾德被你們……」

「是的。關於人質的事情，我們也已經聯絡了『階層支配者』。所以應該不會發生『六百六十六之獸』以面子為藉口襲擊原本是『Fores Garo』成員的情況吧。」

交頭接耳的吵雜聲在眾人間擴散開來。然而類似歡呼的聲音並不多，甚至還有些知道人質被殺的人們當場崩潰痛哭。再加上「Fores Garo」是這一帶勢力最大的共同體，消失之後也會引起一些不安吧。

代表眾人的男子戰戰兢兢地對仁提起不安的原因。

「我想請教一件非常重要的事情。」

「什麼事情呢？如果有什麼困擾，我或許多少可以幫上忙……」

「不……那個……我們……該不會得加入你們——共同體『No Name』的麾下吧？」

仁的表情僵住了。這句話並不是在表達感謝，也不是在表達獲救後的喜悅。

而是在表達「往後自己等人會不會被迫扛起『No Name』這個無名共同體？」所造成的失意。比起對恩人的感謝，擔憂明日前途的想法讓他們講出了這樣的發言。

（果然……「No Name」還是得不到信任嗎……）

仁一時無言以對，他不知道該怎麼回答才好。

這時十六夜從後方摟住仁的肩膀把他拉往自己身邊，然後對著眾人高聲宣告：

「現在開始仁．拉塞爾要把『Fores Garo』奪走的榮譽還給你們！代表者出列！」

十六夜和仁一口氣成了眾人環視的焦點，總數大概超過千人吧。十六夜拍拍仁的背後讓他往前，接著以不符合自身風格的高傲態度對眾人大叫：

「你們沒聽見嗎？我們是要把你們被奪走的榮譽——『名號』和『旗幟』還給你們！共同體的代表立刻向前！打倒『Fores Garo』的仁．拉塞爾將會親手交還！」

「真……真的嗎……」

「要把旗幟還給我們？」

眾人分別和自己的同伴們面面相覷，並同時全部一股腦衝往仁的面前。看到年幼的仁幾乎要被這波人潮壓扁，十六夜以怒吼和震碎大地的跺步來嚇止他們。

「給我排隊啊蠢貨們！一群不懂得遵守秩序的人類，比『Fores Garo』的野獸還不如！」

「噫……噫！」

十六夜靠著從年齡根本無法想像的口氣和魄力讓眾人乖乖排隊。看到仁拿出從「階層支配者」那邊事先取得的名單，十六夜恢復原本的語氣，對仁咬起耳朵：

「我已經幫你營造出氣氛了。把東西還給他們時，記得要確實宣傳自己啊？」

「我……我明白了。」

這促狹的聲調跟先前的魄力可說是天差地別。只是在旁邊當觀眾的飛鳥也察覺到兩人在打什麼主意，笑著對十六夜悄聲說道：

「你好像想到什麼有趣的事情嘛？」

「嗯？大小姐你在說什麼啊？」

兩人互換了一個像是惡作劇成功，有些孩子氣的笑容。雖然這原本應該是一場沒有任何益處的遊戲，然而他們依然打算藉此獲得光靠勝利無法取得之物。

「共同體『R'lyeh』——還有這是旗幟。」

接下東西後，男性代表緊緊抱住總算回到自己手中的旗幟，當場痛哭跪地。

「我還以為再也……再也無法使用『R'lyeh』這個名號……無法高舉我們的旗幟……！」

「請好好保護這個旗幟和名號，千萬不要再失去它們。」

「嗯……！我們絕對不會再失去『R'lyeh』的名號和旗幟！只要這旗幟還高舉著的一天，我們就絕對不會忘記這份恩情，仁少爺！」

名號和旗幟被一一交還給原來的主人。有些人開心得起舞，有些人高舉著旗幟四處奔跑，有些人一邊呼喚著喪生的同伴哭倒在地。看到眼前的光景，讓十六夜得以確信……在這個「箱

庭世界」裡，共同體的名號和旗幟是什麼都無法取代的重要之物。

（效果在預估以上呢，不過旗幟真的是那麼重要的玩意嗎？）

把旗幟還給最後的共同體之後，仁和十六夜來到眾人面前站好。

「我們已經把名號和旗幟還給各位了，相對的有幾件事情想拜託你們。第一，希望你們以後也能把幫你們奪回旗幟的這個仁・拉塞爾確實記在心上。第二，希望你們也要記住，仁・拉塞爾率領的共同體，是一個目標要『打倒魔王』的組織。」

眾人一起騷動了起來。已經從昨晚的入侵者得知消息的人們，以無法置信的表情看著仁。

「該不會……那番話是認真的嗎……？」

「對手可是魔王啊！光憑那些小孩……」

「可是聽說他們的共同體打倒了神格持有者……」

議論如同漣漪般擴散開來。十六夜繼續說道：

「我想你們也都知道，我們的共同體是『No Name』。為了以自身的力量奪回被魔王搶走的名號和旗幟，今後我們應該也會和魔王以及其部下交手吧。但要是周圍不承認我們是個組織，共同體就無法存續。所以希望你們能記住，我們是『由仁・拉塞爾率領的 No Name』。也希望在我們取回名號和旗幟之前，各位都能為他加油打氣。」

（難得他這麼多話。）

飛鳥躲在旁邊強忍笑意。要是知道十六夜平常的樣子，肯定會因為這段演說而覺得哪裡不太對勁。仁也露出了複雜的表情，被十六夜拍了一下背後才趕緊回神。

「我是仁．拉塞爾。從今天起，各位聽到這名字的機會應該會變多，還請多多關照。」

眾人發出了歡呼聲。他們的作戰獲得了鼓舞和勉勵，總之踏出了成功的第一步。

＊

在那之後，回到總部的十六夜、飛鳥和仁前往確認耀的情況。耀被送來的共同體工房，是一個使用恩賜來進行儀式的地點。

由於襲擊「No Name」的魔王並沒有對保管恩賜的寶物庫出手，因此工房裡還留有各式各樣的恩賜。然而大部分都是些難以操作或是只有特定使用者才有能力對付的物品，因此也無法拿去市場上販賣，只能留在寶物庫裡占位子。

探病後，來到談話室沙發上休息的十六夜似乎很不可置信地對黑兔說道：

「聽說春日部的傷只要兩、三天就能治好？該說不愧是神之箱庭嗎？」

「ＹＥＳ♪只是她流了不少血，因此人家做了增血治療。畢竟如果要輸血，就必須拜託專門的共同體處理。」

「既然能不必花錢，選那個方法就好了吧？對了，那個遊戲的事情怎麼樣了？」

十六夜和黑兔兩人待在總部三樓的談話室裡討論了同伴被當成獎品的那場遊戲。知道十六

夜願意參加而興高采烈的黑兔去申請回來之後，反而露出了一臉快哭的表情。

「遊戲延期了？」

「是的……我去申請時才知道，再這樣下去似乎也有可能會直接取消。」

黑兔頭上的兔耳垂了下來，似乎很遺憾地哭喪著臉消沉了起來。

十六夜也像是空歡喜一場般地躺到了沙發上。

「居然做出這麼無聊的事情，不能跟白夜叉講一下，叫她想想辦法嗎？」

「也沒有什麼辦法吧，聽說已經找到了願意出高價的買家。」

十六夜換上了看得出明顯不悅的表情，這份不悅並不是針對人身買賣。

而是因為他認為身為主辦者，就算有人捧來大把金錢，也不該把曾經提出來當成遊戲獎品的東西又再度撤回。十六夜狠狠地咂舌：

「嘖！充其量不過是個買賣組織而已嗎！以招待者來看，頂多只能算得上五流！『Thousand Eyes』不是巨大共同體嗎？怎麼這麼沒自尊？」

「這也沒辦法呀，畢竟『Thousand Eyes』是一個群體型共同體。有一半是像白夜叉大人那樣的直屬幹部，還有一半的幹部是由旗下共同體擔任。這次負責主辦的是『Thousand Eyes』旗下共同體的幹部『Perseus』。只要獲得的金錢或恩賜價值高到讓他們不惜傷害雙女神這塊招牌，撤回遊戲這點事情他們當然敢做。」

黑兔這番話雖然聽起來相當達觀，然而她的悔恨卻高於十六夜好幾倍。

即使如此，她之所以還可以維持冷靜，是因為在箱庭中，恩賜遊戲便是絕對的法律。想要取回自己成為輸家後被奪走、被轉移所有權的同伴們，並非易事。

然而黑兔也很清楚，能取回同伴的唯一方法就是恩賜遊戲。因此這次只能認為是單純運氣不好，乖乖放棄。

「算了，就期待下次吧。話說回來，那個同伴是怎麼樣的傢伙？」

「這個嘛……如果以一句話來形容，就是擁有一頭超美麗銀白色金髮的超級美女。用手指去梳理時可以感受如同絹絲的柔滑觸感，洗澡時浸濕的髮絲就像星光般閃閃發亮。」

「喔？雖然不太懂但似乎很值得一看。」

「那當然！再加上她深思熟慮，總是以前輩身分非常照顧人家。如果她就在附近，人家真想至少跟她說個話……」

「哎呀，這些話真是讓人開心啊。」

兩人嚇了一跳，看向窗外。只見在被叩叩敲響的玻璃外側，有一個滿臉笑容的金髮少女正浮在半空中。驚訝到跳了起來的黑兔立刻衝向窗邊。

「蕾……蕾蒂西亞大人！」

「別再叫我大人了，現在的我只是他人的所有物。身為『箱庭貴族』的妳要是對『物品』表示敬意，會被嘲笑喔。」

黑兔打開窗戶後，被稱為蕾蒂西亞的金髮少女就帶著苦笑進入談話室。

她美麗的金髮上綁著特別訂製的緞帶，身上的長裙則套著一件看來宛如戒具的紅色皮製夾克，雖說是黑兔的前輩，但看起來卻相當年幼。

「不好意思從這種地方闖進來，我想在不被仁發現的情況下跟黑兔妳見個面。」

「是……是這樣嗎？啊！人家立刻就去泡茶，請稍等一下！」

大概是因為見到久違的同伴所以很高興吧，黑兔踩著類似小跳步的腳步前往泡茶室。

注意到十六夜也在場的蕾蒂西亞，因為他的奇妙視線而狐疑地歪了歪頭。

「怎麼了？我的臉上有什麼東西嗎？」

「不，只是覺得果然是如同傳言中的美女……不，美少女，就觀賞一下當作保養眼睛。」

雖然十六夜回答得很認真，然而蕾蒂西亞卻以打從心底感到開心的笑聲回應。

她壓著嘴邊強忍住笑意，盡可能擺出有氣質的樣子後來到椅子上坐下。

「嘻嘻，原來如此，你就是十六夜嗎？果然如同白夜叉所說，是個心直口快的男子。不過如果要觀賞的話，黑兔也不輸給我吧？畢竟她擁有和我不同風味的可愛外貌嘛。」

「因為那算是寵物，所以比起觀賞，應該是要用來玩弄才有意義吧？」

「嗯，我不否定。」

「請您否定好嗎！」

這時端著紅茶組回來的黑兔噘著嘴生氣。

把紅茶倒入已燙過的杯子裡時表情也不太高興。

「和蕾蒂西亞大人您相比，世界上的大部分女性都不具備觀賞價值。不是只有人家看起來比較低劣。」

「不，妳也完全沒輸啊，我不否定妳是個和她有著不同風味的美女。如果要以我的喜好來看，絕對是黑兔妳比較符合我的類型。」

「……是……是這樣嗎？」

聽到這出其不意的發言，黑兔的臉頰和兔耳都不由自主地紅了起來。明明至今為止，類似的讚美或告白已經聽過多如繁星，然而十六夜的發言卻一直留在耳邊，到了不自然的地步。

「……黑兔，我是不是做了什麼不解風情的行動？例如其實你們正在幽會之類……」

「完全沒有那種事！那麼，請問您有什麼要緊事嗎？」

黑兔慌慌張張地把話題導回正途。蕾蒂西亞現在的身分是他人的所有物，這樣的她既然在沒有主人命令的情況下來到這裡，應該也承擔著相對的風險吧。

那麼她應該不是單純來見面而已，如果是那樣，蕾蒂西亞應該也會去見仁。雖然黑兔推測蕾蒂西亞是來談論不能被仁聽到的話題，然而蕾蒂西亞卻帶著苦笑搖了搖頭。

「也沒什麼要緊的事。我來的目的，是想看看新生的共同體擁有何種程度的力量。至於不想見仁是因為沒有臉見他，畢竟以結果來說，是我害你們的同伴受傷。」

黑兔猛然回想起。雖然她原本就有料到，但那些鬼化的樹木果然是出自蕾蒂西亞。

即使在鬼種中，純種的吸血鬼也被視為個體最少的族群之一。他們的生態和十六夜的知識相差無幾。如果要舉出比較大的差異，那就是彼此世界對吸血鬼的看法吧。

就像是身為箱庭創始者眷屬的兔子被稱為「箱庭貴族」。

只有在箱庭世界能受到太陽照射的他們則被稱為「箱庭騎士」。

他們帶來的恩惠能夠省略所有的儀式過程，只要藉由交換彼此的體液，就能夠造成鬼種化。雖然獲得此恩惠者將會化為吸血鬼產生想吃人的衝動，然而即使被「純種」以外的吸血鬼吸血，也不會變成鬼種。

因此，產生吸血衝動的吸血鬼便會舉辦獨自的恩賜遊戲，並以對參賽者吸血作為籌碼。在箱庭都市中人類和吸血鬼之所以可以共存，就是因為彼此都尊重這個規則。

箱庭都市是讓吸血鬼能受到陽光照耀，並心懷平穩與榮耀生活的地方。而他們守護這個箱庭的身影，讓純種的吸血鬼成為被稱為「箱庭騎士」的存在。

「吸血鬼？原來如此，所以才會設定成美人嗎？」

「啊？」

「咦？」

「不，沒事，繼續說。」

十六夜隨便揮著手，示意她們繼續講下去。

「其實當我得知黑兔你們宣告要以『No Name』的身分重建共同體時，我覺得很憤慨……

氣你們怎麼會做出那麼傻的行為。因為我不認為妳不明白這會是多麼艱辛的荊棘之路。」

「……………」

「為了要說服你們解散共同體，當我好不容易獲得和你們接觸的機會時……卻聽到了無法忽視的消息。說有神格級的恩賜持有者加入了共同體成為你們的同伴。」

黑兔的視線反射性地移向十六夜。蕾蒂西亞應該是從白夜叉那邊得知的吧。

在四位數外門擁有根據地的「階級支配者」白夜叉特地前來最下層的七位數外門，就是為了偷偷把蕾蒂西亞帶來這個地方。

「所以這時我就很想測試一下，看看那些新人們有沒有足以拯救共同體的力量。」

「結論是？」

黑兔以認真的眼神問道。蕾蒂西亞帶著苦笑搖了搖頭。

「很不幸，賈爾德連個墊檔用測試員都算不上。參加遊戲的兩個女孩都還是未成熟的果實，讓我難以判斷……雖然像這樣成功來到了這裡，不過，我該對你們說什麼才好呢？」

發現自己無法理解內心想法的蕾蒂西亞只能再度苦笑。這時十六夜卻以一副不以為然的態度糾正蕾蒂西亞。

「不是吧，妳並不是為了想說什麼而特地重回老東家。而是想要看看過去的同伴們將來能以自立組織的身分繼續發展的樣子，並且讓自己放心吧？」

「……嗯，說不定正是那樣。」

蕾蒂西亞同意十六夜的發言，然而還沒有達成這個目的就結束了。以人類來說，飛鳥和耀應該擁有出類拔萃的才能吧。然而這些才能畢竟還是原石，並不足以讓蕾蒂西亞安心地把同伴們的將來託付給她們。話雖如此，就算想要規勸黑兔他們解散重新成立新共同體，也已經錯過了時機。考慮到他們打倒「Fores Garo」後發生的狀況，即使想那樣做也已經太遲了。

雖然蕾蒂西亞不惜冒著危險重回舊東家，然而她的目標卻全都卡在不上不下的進度。看到無法停止自嘲的蕾蒂西亞，十六夜以輕浮的語氣繼續對她說道：

「那份不安，只有一個方法可以解決。」

「什麼？」

「其實非常簡單。既然妳如此擔心『No Name』到底能不能和魔王戰鬥，那麼妳只要親自用妳本身的力量來測試就好了——怎麼樣呀？前任魔王大人？」

十六夜迅速站了起來。了解十六夜的意圖後，蕾蒂西亞一瞬間啞口無言，但立刻又開始大笑。發出誇張笑聲的蕾蒂西亞一邊笑到流淚，同時站直身子。

「嘻嘻……原來如此，這我倒是沒想到。的確是個簡單明瞭的方式。早知道打從一開始就不要玩什麼拙劣的計謀，直接這樣做就好了。」

「請……請等一下，兩位？」

「遊戲的規則要怎麼辦？」

「反正是在測試力量，沒必要多費工夫。雙方都對彼此使出一擊，並各自接招。」

「最後能雙腳著地並站立的人獲勝嗎？很好，這就叫做 simple is the best 吧？」

兩人相視一笑，接著同時從窗口跳向中庭。

敞開的窗戶並沒有造成兩人的阻礙，他們順利地通過。在距離窗戶約十間（註：約十八公尺）的中庭裡展開對峙的兩人，位置卻是分處天與地。

「喔？原來箱庭的吸血鬼有翅膀啊？」

「嗯，雖然不是靠翅膀飛行……制空權被我支配讓你感到不滿嗎？」

「不，規則裡也沒提到這個。」

十六夜滿不在乎地聳了聳肩膀。雖然以位置來說十六夜較為不利，但十六夜並沒有針對這點多說什麼，而是直接擺好架式。蕾蒂西亞首先對他這份態度做出評價。

在恩賜遊戲中，認定對戰者的一切都是未知數的想法乃是基本。

例如就算猴子因為鳥能自由飛翔而提出抱怨抗議，在恩賜遊戲中也只會認定是連飛翔都辦不到的猴子自己不好，根本無從多說。看到未知的對手下出新的一步棋時，要怎麼利用自己擁有的恩賜來對抗？這種形式的競爭才是恩賜遊戲的真髓和最大的樂趣。

（原來如此，氣勢是很夠，接下來就看實力夠不夠了……！）

背對滿月的蕾蒂西亞帶著微笑張開黑色翅膀，拿出自己的恩賜卡。

看到那張以金紅黑反差色來妝點的恩賜卡之後，黑兔滿臉蒼白地大叫道：

「蕾……蕾蒂西亞大人！那張恩賜卡是……」

「退下吧，黑兔。雖然是在測試實力，但這等於是在決鬥。」

恩賜卡發出光芒，讓封印其中的恩賜具體成型。

光粒收縮形成外殼，接著像是突然爆炸般地出現了一把長柄武器。

「彼此互相射出一次長矛，受攻擊者要是無法擋下就落敗。抱歉我可要先攻了。」

「隨妳便。」

蕾蒂西亞高高舉起這把用來投擲的長矛。

「呼——！」

蕾蒂西亞調整呼吸，將翅膀往兩旁展開。她扭動全身以反動力投出長矛後，帶來的衝擊甚至讓空氣中出現了可辨識的巨大波紋往外擴散。

「喝！」

和怒吼一起丟出的長矛在眨眼間就因為摩擦生熱，直線朝著十六夜飛來。

面對如同流星般震撼著大氣，從半空中飛舞落下的長矛尖端，十六夜咧嘴一笑。

「哼——有什麼好囂張！」

出拳毆打了長矛。

「——耶…………？」

蕾蒂西亞和黑兔都發出了走音的叫聲。

然而這句話依然不是比喻，也沒有其他足以形容的詞語。那把尖端被淬鍊得鋒利無比，以能輕易突破空氣阻力之速度丟出來的長矛，不管是尖銳的前端還是刻有精緻花紋的握柄，都僅僅在一擊下扭曲成了普通的鐵塊，還如同散彈槍般化為無數的兇器反過來飛向蕾蒂西亞。

（不……不妙…………！）

這是什麼亂七八糟的破壞力！蕾蒂西亞無法接下這股力量，那麼就只能閃避。

然而她的身體卻跟不上思考，不，即使跟得上也沒有意義。

如果只是一般的子彈，身為鬼種純種的蕾蒂西亞應該有能力揮手掃開。然而現在的她卻不可能打退這些足以匹敵第三宇宙速度，逐漸逼近自己、快得不合理的兇惡子彈。

（居……居然強大至此……！）

在蕾蒂西亞將被打中前，她露出了苦笑。親眼目睹十六夜這份超乎尋常的能力之後，蕾蒂西亞對自己的目測居然如此天真而感到丟臉，同時也感到安心。

既然他擁有如此強大的才能，說不定……當蕾蒂西亞做好滿身鮮血摔往地上的覺悟時——

「蕾蒂西亞大人！」

同一瞬間，從窗口跳出來的黑兔為她擋下了已經直逼她眼前的鐵塊。蕾蒂西亞驚愕之際也抱住了黑兔，收起翅膀往下降落。

「黑……黑兔！妳做什麼！」

蕾蒂西亞突然大叫起來。然而她並不是在抗議黑兔出手妨礙這場決鬥，而是針對剛剛黑兔從她手中一把搶走，現在緊握在手裡的恩賜卡。

黑兔不理會蕾蒂西亞的抗議，凝視著手中的恩賜卡。接著重新轉向蕾蒂西亞，抖聲道：

「恩賜名，『純潔吸血姬』……恩賜名果然改變了！雖然還留著鬼種，卻不具備神格！」

「嗚……！」

蕾蒂西亞立刻別開臉。走向她們的十六夜似乎感到很掃興，以不以為然的表情聳了聳肩。

「什麼嘛，該不會前任魔王大人的恩賜，只剩下吸血鬼的恩賜？」

「……是的，雖然武器多少還留著，但是寄宿於她自身的恩賜就……」

十六夜毫不掩飾地狠狠咂舌。

他應該是對於蕾蒂西亞居然在這種衰弱到底的情況下還找他做對手的行為感到很不滿吧。

「哼！難怪打起來一點勁都沒有！要是成了別人的東西，連恩賜都會被奪走嗎？」

「不……魔王從共同體裡奪走的是人才而不是恩賜。和武器之類會具體化的恩賜不同，所謂『恩惠』是各種神佛精靈所賜予的奇蹟，換句話說就是靈魂的一部分，無法在支配恩賜的主人不同意的情況下強行奪走。」

意思就是，失去恩賜是出於蕾蒂西亞自己的意願。看到兩人視線集中在自己身上，蕾蒂西亞以極為苦悶的表情轉開了視線。黑兔也一臉憂鬱地發問：

「蕾蒂西亞大人您是因為同時具備了純種鬼種與神格，才擁有足以自稱『魔王』的力量。

然而現在您的能力卻連過去十分之一都不到。為什麼會變成這樣……」

「……這是……」

蕾蒂西亞做出好幾次欲言又止的動作。到最後還是沒有坦白，只是保持著沉默垂下頭。

十六夜搔著腦袋不耐煩地提議：

「算了，怎麼說……如果有話要聊，總之就先回房裡去吧。」

「……說的也對……」

兩人鬱悶地點了點頭。

＊

——同一時間，地點：「Thousand Eyes」二一〇五三八〇外門分店。

白夜叉確定店面打烊後，沿著沿廊通往西側，來到比她的房間更內部的位置，造訪一間位於別院的房舍。雖然那是用來款待特別客人的貴賓室，但是目前在裡面的人並不是客人。

在裡面的人和白夜叉一樣是「Thousand Eyes」的幹部，是一名擁有亞麻色頭髮，身穿蛇皮上衣，體型偏瘦的男子。這個身穿蛇皮的男子在等待時大概要求兩名女性來服侍吧？只見他一邊讓刻意把和服穿成花魁風格的女性為他斟酒，一邊對著白夜叉笑著說道：

「居然讓我等這麼久。把共同體的同志丟在一旁跑去接客，想必是很重要的客人吧？」

白夜叉搔了搔長著一頭白髮的腦袋，不屑地回話：

「哼，講什麼同志，真是蠢話。區區暴發戶居然敢要求我這裡的女孩來服侍你，膽子真大！好了，妳們！已經夠了，回去處理打烊事務吧。」

「是……是的。」

女性們重新穿好亂掉的和服，匆匆忙忙地離開。

「真遺憾。因為她們說什麼要求都可以接受，我才享受了一下啊。畢竟『Perseus』沒有那種有氣質又溫順的女孩嘛。能不能基於同樣身為幹部的交情，把她們賣給我呀？」

「……對於無禮行徑我可會以決鬥來回應喔？盧奧斯先生。」

白夜叉的白髮開始抖動，她的聲調裡也包含了明顯的怒氣。對於把同志視為第一的白夜叉來說，「用金錢來交易同伴」的要求，唯一的意義就是侮辱。

叫做盧奧斯的男子聳聳肩不正經地說道：

「失禮，要是觸犯到妳的逆鱗，那我就道歉吧。」

「哼──那麼，繼承『Perseus』的盧奧斯小少爺找我有何貴幹？」

「我想妳應該心裡有數吧？」

兩人互瞪著對方。盧奧斯來訪的原因，不用說就是為了蕾蒂西亞的事情。

然而就算沒出這事，兩人之間原本也就有著隔閡。

雖然白夜叉和盧奧斯隸屬同一個共同體，然而直屬和附庸可是天差地別。

原來的「Perseus」並不是「Thousand Eyes」的麾下，而是以希臘神話中的一名騎士為起源的共同體。

在距今很久以前，被認為在享盡天年後升天並成為星座的騎士帕修斯（Perseus），其實是被邀請來到這個地方，也就是箱庭的世界。「Perseus」這個共同體的名號，正代表成員們是帕修斯的子孫。在聚集了修羅神佛的箱庭裡，像他們這樣擁有特定傳說的人士並不在少數。

經歷了漫長歲月，由於原本的組織消滅或分裂，因此也經常發生向其他共同體尋求保護的行動。

白夜叉哼了一聲，張開她愛用的扇子。

「如果是蕾蒂西亞的事，我也沒打算隱瞞。是你們這些傢伙先做出足以讓雙女神旗幟蒙羞的行徑。居然取消原本已負責承辦的恩賜遊戲，正常來說這可要受到降級處分。」

「嗯，這點我自己也心知肚明。所以即使面對如此卑鄙陰險又小家子氣，不知道哪裡的誰做出來的找碴行為，我也只能吞下眼淚，像這樣安安靜靜地對應著啊。」

我反對上司利用職權騷擾！盧奧斯高舉雙手笑了起來，很明顯是在諷刺。

白夜叉雖然氣得青筋直跳，但她並沒有傻到會上這種不入流挑釁的當。

盧奧斯笑了笑繼續說道：

「而且我是在取得預定參賽者的同意後才決定取消，我認為已經盡到了最低限的禮儀。」

「喔？是嗎？」

白夜叉根本懶得詢問盧奧斯用了什麼手段。

她很清楚，就算問出答案，也只會讓自己的心情變得更差。

「總之關鍵的蕾蒂西亞已經不在這裡了。哼哼，你差不多晚了兩步。」

「這點小事我當然知道。反正她跑去哪我也心裡有數，對於所有物的過去，我可掌握得一清二楚喔。」

面對毫不驚慌的盧奧斯，白夜叉的表情因訝異而扭曲。

「……那你為何要來我這裡？立刻前去把她帶回來不就得了？」

「我已經讓部下過去了，不用多久就能找到吧。」

盧奧斯把茶點塞進嘴裡，表現出莫名的從容。這詭異的態度讓白夜叉產生不安的預感。

白夜叉默默起身，盧奧斯把原本用來裝茶點的盤子丟向門扉，阻止她的行動。

啪！白夜叉把已經摔成一片片的盤子踩得更碎，以帶著明顯敵意的語氣開口發問：

「小子，你這是什麼意思？」

「我認為該避免這種事情再度發生，這可是我自認的體貼安排喔。這次上演逃亡戲碼的原因，是對過去共同體的執著。要是沒斬斷這份執著，說不定會給交易對象帶來麻煩吧？」

白夜叉明白自己胸中的不安並非杞人憂天。

「你這混帳……該不會想襲擊『No Name』吧！」

「什麼襲擊，真是沒禮貌的說法。是要讓偷走我方所有物的『No Name』遭受天罰！——

嗯，就用這個名義吧？反正就算毀了一個無名共同體，也不會有誰生氣吧？」

盧奧斯聳肩，不把白夜叉的怒吼當一回事。白夜叉很想把眼前這小子直接勒斃，然而現在不是做這種事的時候。她把手伸向門扉打算離開，卻發現房門連動也不動。

「啊～順便講一下，出入口已經被我動了手腳。」

「這不知天高地厚的小子……！我看你好像真的很不要命吶！」

「哎呀？妳要對同志下手嗎？殺死同志可是重罪喔？」

「哼！就算殺死一個低等的混帳，也不會有誰放在心上！蠢蛋！」

「哇喔！的確，要是和被稱頌為『白夜魔王』的白夜叉大人動起手來，就算是我也會死吧？……不過在被妳殺死前，我至少會試著讓這樣的店面消失喔？我想，看到可愛的部下被打得粉碎一定讓人很痛心吧？」

盧奧斯展示了一下掛在脖子短項鍊上的那個金色裝飾品。這個有著頭顱外型的飾品，正是實力足以和魔王匹敵，「Perseus」擁有的最強恩賜。

「嗚……」

白夜叉咬牙瞪著盧奧斯，盧奧斯也從正面承受她的目光。

陷入膠著的雙方維持這個姿勢一陣子之後，結果退讓的人是白夜叉。

「沒錯沒錯，只要妳老實一點，彼此都不必承受什麼損失。畢竟我們同樣都是崇奉雙女神旗幟的共同體嘛。」

「…………」

「別擔心，我不會殺死她。我只會適度調教調教，好讓她再也不敢反抗。」

盧奧斯穿好蛇皮上衣，咧嘴在端正的臉上露出一個笑容。

＊

當黑兔等三人正打算從中庭回到本館內部時，突然發生了異變。

在他們抬頭的同時，一道褐色光芒從遠方照了過來。蕾蒂西亞猛然一驚放聲大叫：

「那道光……是蛇髮女妖之威光嗎！不妙！被發現了！」

伴隨混著焦躁的喊聲，蕾蒂西亞挺身擋在兩人面前，彷彿是要保護他們不受光芒傷害。

明白這道光線究竟是什麼的黑兔發出悲痛的慘叫，瞪著遠方。

「描繪著蛇髮女妖頭像的旗幟……？不……不行啊！請您快點避開！蕾蒂西亞大人！」

黑兔的喊聲終究沒有發揮效用，全身受到褐色光芒照射的蕾蒂西亞轉眼間就成了一具石像，直接橫倒在地。之後光線照來的方向甚至還出現了一大群腳上穿著附有翅膀的飛天鞋，貌似騎士的男子，成群結隊地蜂擁而來。

「找到了！已經讓吸血鬼石化了，立刻把她抓起來！」

「那些『無名』的傢伙也在場，該怎麼辦？」

「要是敢礙事就不必客氣，連他們一起殺！」

聽到這些飛空騎士們的發言，十六夜十分不爽且兇猛地笑著說道：

「傷腦筋啊，這還是我出生至今第一次被當成了附屬品。我該拍手好好慶祝一場呢？還是該順著怒氣徹底教訓他們一頓？黑兔妳覺得哪一個比較好？」

「總……總之請逃進總部！」

雖然變成石頭的蕾蒂西亞讓人擔心，然而現在卻有更嚴重的問題。

畢竟蕾蒂西亞本身是「Perseus」的所有物。這樣的她在沒經過主人同意的情況下亂跑，自然根本無法為其辯護。尤其「Perseus」是擔任「Thousand Eyes」幹部的共同體。萬一引起糾紛，後果想必難以善了。

黑兔慌慌張張地把十六夜拖進總部裡後，三名成員離開空中的軍團降落到地面上，並圍住已經化為石像的蕾蒂西亞。十六夜他們則躲在門後面窺探外部的情況。

騎士裝扮的男子們包圍住石化的蕾蒂西亞後，表現出安心的樣子，開始用繩子綑綁她。

「這下就行了……好險啊，差點讓她逃了。」

「這可是不惜取消恩賜遊戲促成的大型買賣。要是搞砸，我等『Perseus』在『Thousand Eyes』裡可會失去容身之處呢！」

「不只那樣。雖然位於箱庭都市之外，然而交易對象可是國家規模的共同體。萬一商品被奪走——」

「你說箱庭之外嗎！」
黑兔的叫聲讓正打算搬運蕾蒂西亞的男子們停下了動作。
聽到認定為礙事者的「No Name」成員發出叫聲，男子們紛紛回以帶著明顯敵意的眼神。
然而黑兔完全不介意他們的態度，衝過去提出抗議：
「到底是怎麼一回事！他們吸血鬼──『箱庭騎士』只有在箱庭都市裡才能承受陽光的照耀啊！可是你們居然要把這樣的吸血鬼帶往箱庭都市外面……！」
「這是我等的首領談妥的交易，外人少多嘴！」
騎士冷漠地回應，利用附有翅膀的鞋子飛上空中。
空中還有近百人的武裝成員在「No Name」總部的上方待命。
本來非法入侵總部乃是對共同體的污辱行為，傳出去也不好聽。正常來說，把信用當成生命線的商業共同體「Thousand Eyes」並不會做出如此蠻橫的舉動。這很明顯是瞧不起黑兔他們只不過是個「無名」共同體而採取的行動。
「可……可惡……！都已經如此毫無顧忌地做出諸多侮辱行徑，還不打算針對自己的無禮表達歉意嗎！這樣還敢高舉雙女神的旗幟，你們這些人的臉皮真厚！」
「Perseus」的男子們嘲笑著激動的黑兔。
「哼，對你們這種在下層建立總部的共同體講究禮儀，才會讓我等的旗幟蒙羞！只不過是區區『無名』，還不有點自知之明！」

「你……你說什麼……！」

黑兔身上似乎傳出了怒氣爆表的聲音。對蕾蒂西亞的處置以及污辱共同體的諸多行動和發言，讓黑兔一口氣達到了沸點。

騎士們俯視著氣得發抖的黑兔，嗤笑道：

「哼，妳想和我們動手嗎？」

「真愚蠢，連自軍的旗幟都沒能守住的『無名』，根本不是我等的對手。」

「這些不知羞恥的傢伙們！就以我等的旗幟為見證，給予你們制裁吧！」

騎士們七嘴八舌地不斷咒罵。他們高舉蛇髮女妖的旗幟，四下散開，像是要擺出陣形。然而這些侮辱的言論，已經無法傳進臉上浮出駭人冷笑的黑兔耳裡。

她瞪著騎士們，露出很不符合她風格的危險笑臉，痛斥對方：

「哼……哼哼……真有膽量。看你們似乎裝備著多少有些名氣的恩賜，但該不會因為拿著那種複製品就以為自己變強了吧？」

「什麼？」

這次輪到騎士們發出怒吼。黑兔讓一頭黑髮轉變成淺紅色，高高跳上半空恫嚇著騎士們。

「豈有此理……沒錯，豈有此理！居然讓天真爛漫又敦厚篤實，甚至被歌頌為犧牲象徵的『月兔』憤怒到這種地步……！」

周遭的空氣瞬間產生了沉重的壓力，一股簡直讓人無法順利呼吸的力量襲擊了敵方。在空中的百名騎士都因為黑兔散發出的壓迫感而不知所措。
當黑兔高舉右手臂的那一瞬間，四周迴響著一道彷彿能撕裂大氣的尖銳聲。接著，宛如雷鳴的爆炸聲支配了周遭一帶，她的右手高舉著一支如閃光般燦爛的長矛。
騎士們一陣動搖。
「和雷鳴一起出現的恩賜……該……該不會是因陀羅的武器吧！盧奧斯大人可沒提過這種事！」
「不……不可能！最下層的共同體怎麼可能擁有被賦予了神格的武器……！」
「不可能是真貨！反正跟我等一樣都是複製品！」
黑兔反握著不斷迸出閃電的長矛，開口說道：
「如果光憑眼睛無法判斷出真偽——那就用你們的身體親自確認吧！」
受熱膨脹的空氣響起了雷鳴聲，黑兔的頭髮散發出稜鏡七彩光輝，從紅色又染成了藍色。
正當黑兔準備把因陀羅之矛射向天際時，十六夜卻從她的背後冒了出來。
「喂！」
「嗚啊！」
並使出全力拉扯黑兔的兔耳。手滑之下，因陀羅之矛伴隨雷鳴飛往完全不同的方向，最後擊中箱庭的上空，被解放出來的閃電和熱量照亮範圍長達數公里的帷幕。
「冷靜一點！妳不想和白夜叉發生糾紛吧！而且我都在忍耐了，妳卻一個人享受，到底是什麼意思？說啊？」

「嗚啊！不對！生氣的原因是這個嗎？」

而且十六夜還很有韻律地用力扯了好幾次黑兔的耳朵。

「好痛好痛！真的很痛啊十六夜先生！」

到最後不光是拉扯，十六夜乾脆握住耳根把黑兔整個人提了起來。

「好痛好痛好痛！差……差不多該停手了啊十六夜先生！請分清楚可以耍寶的時候跟不可以的時候好嗎！現在要讓那些沒禮貌的傢伙嚐嚐天譴的滋味……」

「他們已經全部回去了喔。」

「咦！溜得太快了吧！」

吃了一驚的黑兔望向天空，眼前只剩下一整面的星空，彷彿對方的軍團打從一開始就不存在。他們一判斷無法贏過黑兔，立刻就撤退了。

然而如同煙霧般瞬間消失的百人軍團，無法騙過黑兔的眼睛。

「不……不對……該不會是使用了隱形的恩賜吧？」

「如果叫『Perseus』的共同體和我知道的相同，那毫無疑問地就是那麼一回事吧……不過箱庭還真廣闊啊，居然連飛天鞋和能變透明的頭盔都真的存在。」

十六夜滿懷感慨地點著頭，黑兔則惡狠狠地瞪著他。十六夜放開兔耳後，還是搖了搖頭。

「我懂妳的心情，但是現在最好不要動手。我自己是無所謂啦，不過萬一『No Name』和

『Thousand Eyes』起了衝突就不好了吧？」

「是……是沒錯啦。」

「如果想知道詳情就得照規矩走，還有其他可能很清楚狀況的傢伙吧？」

黑兔猛然驚覺。既然是白夜叉把蕾蒂西亞帶來這裡，那說不定她也清楚詳細的狀況。

「去叫其他傢伙過來。」

「咦？可……可是白天發生了那些事。」

「那就只叫小不點少爺和大小姐來就好。我總覺得頗有火藥味，最糟情況下甚至可能會當場開始遊戲。既然如此還是人多一點比較好吧？」

——算了，即使真的那樣也只要我一個人就夠了。

十六夜雖然這麼想，卻不會說出口。畢竟他是個懂得觀察周遭情勢的人。不過是自稱啦。

仁表示他要留下來照顧耀，因此最後只有十六夜、飛鳥、黑兔這三人朝著「Thousand Eyes」二一〇五三八〇外門分店前進。

時至深夜，星星在夜空中閃爍。慢了一晚的滿月照耀著箱庭。路燈發出微微光芒照亮道路，然而周遭卻完全察覺不到有任何人活動的跡象。途中，維持著迅速步伐的十六夜抬頭望向天空喃喃說道：

「明明星空這麼美卻沒有人出來逛逛。要是在我老家那邊，這都已經可以收錢了。」

前來箱庭之前，十六夜住在一個不夜城。

亮得刺眼的霓虹燈，不分晝夜在道路上奔馳的車輛和噪音。

笑鬧聲與娛樂，喧騷與人潮，醜惡誘惑四處氾濫的時代。對過去一直身處那種時代的十六夜來說，能在人類居住的地方抬頭看見滿天星斗，是很新鮮的體驗。相較之下，對於從戰後不久的時期來到這裡的久遠飛鳥來說，這個能看見滿天繁星的夜空反而是讓她產生疑問的對象。

「明明滿月這麼清晰皎潔，星光卻一點也沒受到影響，這不是很奇怪嗎？」

「因為箱庭的帷幕設計得讓星光更容易看清呀。」

「是這樣嗎？不過那樣做有什麼好處？」

要保護吸血鬼等物種不受太陽光傷害這理由她還能夠理解。然而就算讓星光特別顯眼，飛鳥也不明白這樣有什麼意義。黑兔原本有些焦急地小跑步前進，這時稍微放慢了腳步。

「喔，這是因為……」

「喂喂，大小姐，妳這個問題也未免太不解風情了吧？妳不能體會『希望晚上的星星看起來更美』這種工匠的氣魄嗎？」

「哎呀，那還真是了不起的體貼心意，真的非常浪漫。」

「……說……說的也對呢。」

黑兔刻意不予以否定。既然他們兩個已經接受了這種答案，那麼現在就當成是那麼一回事吧。畢竟解釋起來得花很多時間，但只要再些許時間就能夠到達店面。

站在「Thousand Eyes」門口迎接三人的照舊是那個面無表情的女店員。

「久候大駕，店長和盧奧斯大人正在裡面等待各位。」

「意思是你們早就知道我們會來嗎？做出那種失禮行徑，還有臉講什麼『久候大駕』？」

「……我並不清楚詳細的狀況，請入內後詢問盧奧斯大人。」

聽到這種制式發言讓黑兔又差點氣憤起來，然而對只是店員的她抱怨也無濟於事。黑兔等人進入店內，穿過中庭前往位於別院的建築。

在裡面迎接眾人的盧奧斯一看到黑兔就發出了誇張的歡呼：

「哇喔！是兔子耶！哇！我還是第一次看到兔子！雖然早就聽過傳言，不過我沒想到東側

真的會有兔子！是說迷你裙配吊帶襪還真的相當色情呢！我說～妳來我這邊的共同體吧！我會提供三餐項圈還會每晚好好疼愛妳喔？」

盧奧斯根本不打算掩飾本性。他以彷彿想把黑兔吃乾抹淨的眼神對黑兔全身上下興高采烈地意淫一番。心生厭惡的黑兔迅速用雙手遮住自己的腳，飛鳥也挺身向前，宛如黑兔的屏障。

「這又是一個……一看就知道的惡徒。話先說在前面，這雙美腿是屬於我們的東西。」

「沒錯沒錯！人家的腳是……咦！不對啦，飛鳥小姐！」

聽到這唐突的所有權宣言，黑兔慌慌張張地吐槽。

十六夜看著她們兩人，很不以為然地嘆了口氣：

「沒錯，大小姐，這雙美腿已經是我的東西了。」

「沒錯沒錯！這雙……啊啊，夠了請閉嘴！」

「好吧，那你們就開個價……」

「白夜叉大人！人・家・是・非・賣・品！啊～真是的，我們來這裡是要談正經事，拜託有點分寸好嗎？人家也差不多要真的生氣了！」

「傻子，我就是故意要惹妳生氣啊。」

啪！紙扇劃出了一道銳利的軌跡。今天的黑兔很容易爆炸。

至於重點的盧奧斯，完全被丟在一旁沒人理會。

他目瞪口呆地看著四人的互動結束，才唐突地放聲大笑。

「啊哈哈哈哈哈哈！咦？是嗎？你們『No Name』是個藝人共同體嗎？如果是那樣，就一起過來『Perseus』吧！說真的！我天生就愛在吃喝玩樂上面盡情撒錢！我會照顧你們一輩子喔？不用說，那雙美腿要每晚都在我的床上乖乖照我要求敞開門戶才行。」

「拒絕，人家沒有打算讓不懂禮儀的男性看到自己的身體。」

黑兔帶著厭惡不屑地這麼一說，旁邊的十六夜就開口挖苦她：

「咦？我還以為妳是為了被看所以才穿那樣的衣服耶？」

「才……才不是呢！這是白夜叉大人讓我在她舉辦的遊戲裡擔任裁判時，說我如果可以隨時穿著這套服裝，就會多給我三成報酬。所以人家才心不甘情不願地……」

「喔？心不甘情不願地被迫穿上那種衣服嗎……喂，白夜叉。」

十六夜狠狠瞪著白夜叉。兩人互瞪了一會後，同時舉起右手。

「怎樣，小子？」

「超 GOOD JOB！」

「嗯。」

雙方都用力豎起大拇指，取得了共識。一直完全沒有進入正題的狀況，讓黑兔只能百般無奈地垂下頭來。這時，店員從建築物外面提供了協助。

「那個……由於訪客人數也增加了，如果各位願意，要不要移到店內的客房呢？畢竟這裡

還有摔碎的餐具碎片。」

「說……說的也對。」

於是決定重新開始的一夥人前往「Thousand Eyes」的客房。

＊

來到和室之後，三人以和「Thousand Eyes」的兩名幹部面對面的形式各自坐下。坐在長桌對面的盧奧斯依然以不懷好意的眼神看著黑兔。

黑兔雖然感到一陣惡寒，但還是決定對盧奧斯視而不見，開始向白夜叉說明情形。

「————以上就是『Perseus』對我們做出的失禮行徑，請問您理解了嗎？」

「唔……嗯。『Perseus』擁有的吸血鬼擅自闖入『No Name』的領地並造成破壞；而『Perseus』成員前往捕捉該名吸血鬼時則多有冒犯行徑和發言。我確實承接以上投訴了，如果你們希望『Perseus』謝罪，那麼日後會安排……」

「不需要。遭受那麼惡劣的行為和種種無禮對待後，光是謝罪無法平息我方的憤怒。我們認為，本次『Perseus』造成的屈辱，應該要藉由雙方共同體進行決鬥來獲得解決。」

雙方共同體的直接對決，這就是黑兔企圖達成的目標。

控訴蕾蒂西亞在領地內破壞這部分當然是捏造。然而為了奪回她，現在已經不是能顧慮到那麼多的時候。只要是能用的手段，都有必要全部拿出來利用。

「我們來訪的目的，是希望『Thousand Eyes』能居中調停，要是『Perseus』拒絕接受我方要求，就以『主辦者權限』的名義……」

「我不要。」

盧奧斯突然開口。

「……咦？」

「我才不要，講什麼決鬥，開什麼玩笑？而且你們有證據證明那個吸血鬼大肆破壞嗎？」

「關於這點，只要解開她的石化……」

「不行，那傢伙已經逃過一次，所以在出貨前都不會解除石化。而且你們也很有可能早就事先在背地裡串供了吧？是吧？之前的同伴？」

盧奧斯的笑容充滿挖苦之意。由於這番話合情合理，黑兔也無法反駁。

「追根究柢，那個吸血鬼逃走的原因正是你們吧？該不會其實是你們偷走的吧？」

「你……你在說什麼！你有什麼證據……」

「實際上那個吸血鬼不就在你們那裡嗎？」

黑兔「嗚！」地無法作聲。對方一旦針對這點攻擊，我方就無法反駁。不管是黑兔的主張還是盧奧斯的主張，兩邊同樣都沒有第三者在場。盧奧斯不正經地笑了笑，繼續追擊：

「算了，要是你們無論如何都想要搞到決鬥，那就得徹底調查才行呢……不過，會因為徹

底調查而最感到困擾的，就是別人囉。」

「這……這個……！」

黑兔把視線移向白夜叉。既然對方抬出她的名字，黑兔也無法出手。畢竟這三年間，「No Name」之所以能存活下去都是靠著她的支援。

黑兔很想避免因為這次的事情而讓她更加費心。

「那，我就趕快回去把那個吸血鬼賣到外面吧。我討厭冷冰冰的女人，尤其那傢伙的體型根本跟小鬼沒兩樣——不過你們也知道嘛，畢竟那傢伙看起來很可愛，對於那方面的愛好者來說應該是極品吧？而且也有那種喜歡把個性強硬的女人脫光，用鎖鏈銬起來強行壓倒讓她呻吟的傢伙呀。在太陽光這種天然牢獄之下，被永遠當成玩具的美女……不覺得很色情嗎？」

盧奧斯挑釁般地描述著這次交易對象的形象。

果不其然，黑兔倒豎著兔耳大叫。

「你……你這個人……！」

「不過那傢伙還真可憐啊。不只是要被人乾脆從箱庭裡賣出去，還因為不知羞恥的同伴拖累，連恩賜都讓渡給魔王了。」

「……你說什麼？」

開口反問的人是飛鳥。她並不知道蕾蒂西亞的狀況因此特別驚訝。

黑兔雖然嘴上沒有說什麼，然而她的表情卻帶著明顯的動搖。

盧奧斯並沒有放過這點。

「真是個得不到回報的傢伙。『恩賜』是在這個世界生存必要不可缺的生命線，也是靈魂的一部分。然而她為了阻止愚蠢無能的同伴們的荒謬舉動而主動捨棄了那些，問題是好不容易獲得的自由也只是假象。更誇張的是，在她忍受著『成為他人所有物』這種最嚴重的屈辱並趕回同伴們身邊後，那些傢伙卻乾脆地捨棄了她！等到那女人醒過來，不知會作何感想呢？」

「……咦……什麼……」

黑兔講不出話來，她的臉色迅速變得一片慘白。

同時，好幾個謎題都解開了。不管是應該被魔王奪走的蕾蒂西亞為什麼會出現在東側？或是記載於恩賜卡上面的恩賜名為什麼等級會暴跌那麼多？剛剛那番話就是原因。

蕾蒂西亞想要來到黑兔他們的身邊——甚至不惜犧牲靈魂。

盧奧斯笑容滿面地把右手伸向臉色蒼白的黑兔。

「我說，黑兔小姐。要是妳就這樣捨她而去，在共同體同志的道義上說不太過去吧？」

「……？什麼意思？」

「來做個交易吧？我可以讓吸血鬼回到『No Name』，不過代價是我想要妳。妳必須一輩子都屬於我。」

「什……」

「這應該算是某種形式的一見鍾情吧？而且『箱庭貴族』這種鍍金也不該浪費。」

黑兔再度啞口無言。似乎再也無法忍耐的飛鳥拍著長桌發出怒吼：

「雖然我認為你這人的確是個混帳東西，但沒想到竟然到了這種地步！我們回去吧黑兔！沒有義務聽這種傢伙廢話！」

「請……請等一下，飛鳥小姐！」

飛鳥握住黑兔的手想要離開，然而黑兔卻不願意走出和室。她的眼神中有著困惑，很明顯，這個要求讓她相當煩惱。

察覺到這一點的盧奧斯露出惹人厭的笑容，得意洋洋地繼續主張：

「好啦好啦，妳是『月兔』吧？只要是為了同伴，即使必須承受煉獄火焰焚身，也是妳的夙願吧？畢竟對你們來說，犧牲自我等於是一種本能嘛！」

「……嗚！」

「我說，妳怎麼了？兔子很喜歡所謂的道義或人情什麼吧？就是把廉價的性命用到了廉價卻恰到好處的自我犧牲上，才獲得了帝釋天的信任吧？既然被召喚來箱庭的理由是因為犧牲，就依循物種本能，簡簡單單接受這個隨隨便便的戰帖才合理吧？好啦，到底怎麼樣呀黑兔

「**給我閉嘴！**」

喀！盧奧斯的下顎關了起來，露出困惑的表情。這是已經看不下去的飛鳥之力所造成的。

「……！……？」

「你讓我很不愉快，就這樣**趴在地上磕頭謝罪！**」

混亂地壓著嘴巴的盧奧斯開始把身體往前彎。然而接下來他卻違抗了命令，強制站直身體。理解到發生了什麼事的盧奧斯強迫自己開口說話：

「喂！女人！這種能力……只會對──低等的傢伙有效而已！蠢貨！」

狂怒的盧奧斯拿出恩賜卡，接著在光芒中出現了一把鐮形劍。

他揮下劍刃，然而在旁待機的十六夜卻像是要庇護飛鳥般地接下了這次攻擊。

「你……你是……！」

「我是十六夜大爺，帥哥。想幹架的話，加上利息我也收喔？當然要算十天一成的高利。」

十六夜輕浮地一笑，將握住的劍柄，踢回給盧奧斯。盧奧斯無法接下，往後跳開。

盧奧斯為了發動追擊想要拉開距離，然而鐮形劍卻被白夜叉的扇子給壓制住。

「夠了！給我住手！你們這些蠢貨！要是無法靠談話解決，我就把你們全部趕出門外！」

「……嘖！不過先動手的可是那個女人。」

盧奧斯依然放出殺氣，這時黑兔介入兩人之間提出仲裁。

「是的，我們了解。那麼今天發生的種種事情，就決定雙方都不要繼續追究吧……再來，關於先前的提議……請給人家一點時間。」

黑兔的回答讓吃了一驚的飛鳥忍不住大叫起來：

「等……等一下！黑兔！妳的意思是願意成為這傢伙的東西嗎！」

「……因為還必須和同伴商量，請務必多給一些時間。」

「ＯＫ　ＯＫ！那麼就以我方交易的最終期限為準……等妳一個星期吧。」

盧奧斯滿面笑容。而黑兔講完這些後，迅速地離開了和室。

飛鳥也跟在她身後離去，一個人留在原地的十六夜不以為然地聳聳肩膀。

「白夜叉妳還真幸運啊！夾在難應付的朋友和卑劣的部下中間可是難得的經驗喔？」

「真的是，不過如果你羨慕的話，我可以和你交換。」

「現在不了……話說回來，『Perseus』的領導者是你嗎？」

「啥？是我沒錯，不過事到如今你還問這什麼鬼問題？」

經歷過剛才的事情，盧奧斯的語氣相當不爽。

十六夜凝視著盧奧斯一陣子之後，似乎很失望地嘆了口氣，轉身準備離開。

「——給我等一下，剛剛那聲嘆氣是什麼意思？」

「實在太名不符實了，期待的我真是傻瓜……就是這種意思。」

「哼！如果是現在的話，廉價的戰帖我也可以勉強收下喔？」

盧奧斯舉起鐮形劍。他再怎麼說也是統率「Perseus」的領導者，擊退了許多修羅神佛，在五位數外門建立了根據地。他的實力和普通人類有著明顯的區隔。雖然剛才在鬥勁時他或許算是輸了，然而如果正式開戰，盧奧斯對自己的勝利依然深信不疑。

十六夜挑起一邊眉毛重新看看盧奧斯，但最後果然還是興趣缺缺地離開了和室。

＊

黑兔已經穿越噴水廣場來到裴利別德大道。而飛鳥跟在後面一邊強烈抗議一邊追趕著她。

「黑兔，妳到底打算怎麼辦！該不會真的想變成那傢伙的東西吧！」

「——……嗚！」

飛鳥高聲追逐著埋頭快步往前走的黑兔。

她以氣魄驚人的表情抓住黑兔的背後，雙眼依然帶著熊熊怒火，把召喚自己等人前來的邀請函用力塞到黑兔胸前。由於實在無法抑制憤慨的情緒，飛鳥唸出了邀請函的內容：

「『捨棄家族、友人、財產，以及世界的一切，前來箱庭』——像這樣慫恿我們前來的妳本人卻要離開共同體，這種行為只能算是放棄責任！」

「……我並不打算……那樣做……」

「不！妳在說謊！看妳現在的表情就知道！妳認為只要是為了同伴，即使賣掉自己也無所謂！但是我們絕對不允許妳做出那種白費功夫的行為！」

「白……白費……為什麼人家必須被講得那麼難聽呢！」

黑兔忍不住大叫起來。不管是盧奧斯也好還是飛鳥也罷，黑兔不明白自己為什麼必須遭受周圍如此強烈的責難。

雖然激動得喘氣，稍微恢復冷靜的黑兔依然提出反駁：

「對共同體來說，同伴非常重要，是勝過一切的寶物。更何況如果要捨棄不惜傷害自身靈魂，也要為了共同體陷入困境而趕來的蕾蒂西亞大人，我們就沒有盡到道義上應盡的責任！」

「但那樣就等於妳成了她的替身不是嗎！那種行為沒有意義！」

「為了同伴犧牲，怎麼會是沒意義呢！」

「別在半夜裡大叫，真是吵死人了。」

被十六夜一推，兩名女性的腦袋「碰！」地相撞。

突然的衝擊讓兩人都眼冒金星。

「～～～～～～～～～～～～～！」

「我明白雙方的理論了。基於這個前提，如果讓我來發表意見……黑兔，是妳不對。」

「為……為什麼呢！」

黑兔眼中含淚，壓著額頭提出抗議。十六夜以冷淡的眼神指責她：

「邀請函是第一個原因。再來就是……當蕾蒂西亞來到『No Name』根據地時，應該就已經做好心理準備了。她的眼神是來向妳求救的眼神嗎？」

「這……這個……不對！主張因為對方沒有求救所以不出手相救，只能說是詭辯呀！」

「的確，不過也要看情況。蕾蒂西亞之所以瞞著自己失去恩賜的事實，不就是因為不希望妳成為她的替身嗎？」

嗚！黑兔似乎回想了起來，吞吞吐吐地講不出話。

的確，蕾蒂西亞看來並不想讓其他人知道她失去了恩賜。

也就是說，蕾蒂西亞不希望自己的心意反而成為黑兔等人的沉重負擔。

「還有大小姐妳的用詞太差勁了，妳該更溫柔地表達自己的心意才對啊。

例如──『我實在非常非常擔心黑兔呀！求求妳！留在我身邊！』之類。」

「我才不是因為那樣才阻止她！」

然而應該有四分之一的確是事實吧。

看到面紅耳赤的飛鳥，黑兔似乎有點尷尬地低下頭。

「真……真是抱歉，雖然您的心意讓人很高興……不過那個……人家沒有那種興趣……」

「為什麼偏偏挑這種地方曲解意思？嗯，好呀，妳應該要正面回應才對吧這隻笨兔子！」

飛鳥大叫著抓住兔耳用力一扯，黑兔則發出了非常不淑女的慘叫。

兩名女性大概是因為胡鬧一陣而多少冷靜了下來，同時重重吐了口氣低聲說道：

「……我的確很擔心妳，因為妳看起來一臉快要哭了的樣子。」

「人……人家才應該道歉，剛剛實在太不冷靜了。」

無論今後打算怎麼做，都必須和仁還有耀商量。

三人決定總之先回到「No Name」的總部去。

＊

——在那之後過了五天。

地點是箱庭五位數，二六七四五外門，「Thousand Eyes」第八八根據地。

二六七四五外門是住在上一層的「階層支配者」白夜叉負責的外門。

在她勢力範圍內，有著同樣隸屬於「Thousand Eyes」旗下的「Perseus」根據地。然而現在妝點著「Perseus」根據地白色宮殿的旗幟，卻只有一面白底的「蛇髮女妖頭像」。至於以紅色為底，描繪著相對雙女神的旗幟則沒有被懸掛出來。

這是因為白夜叉舉發了「Perseus」和黑兔他們之間的糾紛和其他的不名譽事件，因此「Perseus」被命令無限期地收起「Thousand Eyes」旗幟。

待在白色宮殿最上層的陽台裡，低頭望著下層的盧奧斯對著在旁邊待命的親信喃喃說道：

「在那之後已經過了五天，我還以為黑兔會再來找我交涉，結果卻完全沒有那種跡象。真是不順啊，我還以為這次絕對可以得到『月兔』呢。」

「不過真的沒關係嗎？我等『Perseus』之所以能在五位數外門設立根據地，正是因為有『Thousand Eyes』這個後盾。既然現在被命令撤下旗幟……」

「啊～嗯，最慘的結果就是必須把根據地至少往下移動一層吧。算了，沒問題啦。或者該說那樣反而正好！反正老爸也已經死了，追根究柢，光靠我們要繼續在五位數外門，的確有困難吧？或者是你願意養活這個共同體？」

男性親信露出苦悶的表情。雖然盧奧斯這麼說，然而要留在五位數外門絕對不是辦不到的事。因為盧奧斯擁有的最強恩賜，具備了甚至連魔王都不可以大意的強大力量。

只要盧奧斯發揮領導力統合共同體，身為部下的他們不論是要成為「主辦者」還是參賽者，應該都可以獲得十二分的成果吧。

然而盧奧斯連一次都沒有表現出那樣的幹勁。

「不過啊真的很棒呢，那隻黑兔！明明有張娃娃臉，胸部跟美腿卻非常性感！可以為他人犧牲奉獻、強韌、可愛而且還是個美女又超性感！那真的很對我的味！本來想趁這個機會脫離『Thousand Eyes』再把兔子當成代替的招牌，但是要把她展示在人前實在很可惜！要是把她弄上床讓她好好叫個幾聲給我聽聽，一定一輩子都不會厭倦！」

「……喔……」

男性親信一邊回應一邊深深嘆氣。盧奧斯會積極說出口的話題，只有女人、金錢和吃喝玩樂三件事。他就像是庸俗快樂主義的化身。

尤其是這五天更為嚴重。或許是他真的很中意那隻黑兔吧？一整個晚上都在講這件事，共同體的文件已經在辦公室裡堆積如山，盧奧斯卻連看都不看。

明明這是他自己惹上的共同體危機，卻打算把一切繼續丟給別人處理。

（這樣下去我等在文件處理上可不成表率……果然還是只能等他主動處理公務嗎？）

男性親信無奈地搖著頭。正在此時，應該只有他們的陽台上卻突然響起女性的聲音。

「冒昧晚上前來打擾，盧奧斯大人。」

「是誰！」

男性親信大叫並拔出身上的佩劍。而輕飄飄降臨到陽台上的人正是「No Name」的黑兔。

盧奧斯一把推開男性親信，開心地說道：

「哇喔！怎麼了這麼突然！果然妳決定來我們這裡了吧？」

「……我就是為了這件事情前來造訪。明天我們想舉辦共同體代表者也出席的會議，是不是能請您撥冗參加？」

黑兔以憂鬱的表情說道，相對之下盧奧斯卻興高采烈地張開雙臂。

「ＯＫＯＫ！如果只有那個吸血鬼不夠的話，我也可以再加上其他各種條件！」

「盧奧斯大人！『箱庭騎士』已經準備要進行交易……」

男性親信連忙前來阻止，盧奧斯卻踢了他胸口一腳，讓他閉嘴。

黑兔維持著沉痛的表情，再次點點頭就跳下陽台離開。

盧奧斯放聲大笑，攤開雙手開心地直轉圈。

「哈哈哈太棒了！這下再也沒有必要對『Thousand Eyes』的看板阿諛奉承！運氣總算也降臨到我身上了嗎！」

他毫無氣質，像是發狂般地仰天大笑。

男性親信只能更加沉重地嘆著氣，並看著主人不斷轉圈的樣子。

（不過真沒想到黑兔居然會願意接受交涉，果然是因為無法抵抗犧牲奉獻的血統嗎？）

雖然脫離「Thousand Eyes」是很大的損失，然而如果能獲得「箱庭貴族」，也算是還不錯的代價。只要成為一個有著「鍍金」的共同體，就能找北側的惡鬼羅剎以及南側的幻獸們交涉進行對等的遊戲。如果要成為獨立的共同體，或許這種結果反而比較有利。

雖然盧奧斯本人兇暴又好色，但是把黑兔當成玩具以後，頂多只要一個月就會玩膩。普通女人恐怕無法承受到最後，但強韌的兔子應該沒問題吧？只要還留下一條命，無論如何都能當成招牌利用。

甚至可以乾脆徹底調教她的身體，直到她變聽話為止。

忠實的男性親信在主人已經空了的杯中倒酒，不滿又無奈地看著堆積成山的文件。

# 第七章

——時間回溯到兩天前。在仁的命令下，黑兔受到了閉門自省的處分。她待在自己房間裡，用手指劃過窗上滴下的水珠，眺望著正在下雨的箱庭都市。

（喔，現在好像是定期降雨的時期？和南側不同，東側不會開放帷幕。）

人工降雨按照固定的間隔來執行。只有在降雨期間內，箱庭都市的帷幕會呈現可目視的狀態，並利用光學曲折讓視覺產生看見雨雲的錯覺。

換句話說，雖然雨雲根本不存在，但會讓居民產生「有雲」的錯覺後才實施降雨。

……老實說，這是相當沒有意義的高水準技術。如果只是需要水，可以在外面降雨時打開帷幕，或是不要加上什麼雨雲直接灑水就好。居然可以允許把如此驚人的奇蹟技術充分發揮在這種興趣點子方面，如此寬宏大量的行為，說是很符合箱庭的風格倒也沒錯。

（算了，箱庭本身的功能幾乎都是些基於娛樂而設置的東西，去計較反而浪費時間嗎？）

風雨是妝點季節特色風情的重要因素之一。對於自古以來就藏身於天運天災的修羅神佛來說，雨雲存在與否，具備相當大的涵義。

若是伴隨著雷雲的暴風雨，人類會認為那是龍的神力造成，因而對龍產生崇敬之意。

然而如果是太陽雨，就成了某個待在某處偏僻地方的魔法師正在製作起司。

對於箱庭都市來說，八百萬諸神這講法還嫌不夠。因為由數量多如繁星的神佛製造出的這個箱庭，可是有多到滿出來的傳承和傳說。

（說起來蕾蒂西亞大人好像不喜歡下雨？她說過什麼血腥味和濕氣一起悶著散不掉的感覺很不好之類……）

明明是吸血鬼，講這什麼話呢？回憶起這段往事的黑兔苦笑起來。

當她憂鬱地望著窗外時，屋內響起克制的敲門聲。

「好～房門鎖著裡面也沒有人在喔～」

「……意思是我們可以進去？」

「應該是吧？」

聲音是久遠飛鳥和春日部耀。然而明明黑兔都說了「沒有人在」，她們還能判斷成「可以進來」，這到底是怎麼回事？

「哎呀，還真的鎖著呢。」

「嗯……真的耶，硬開？」

兩人卡鏘卡鏘地轉動著門把。於是黑兔只能以類似放棄抵抗的態度站了起來。

「好好好現在就開！兩位應該學習更加溫柔，或者該說是更婉轉一點……」

「乾脆弄壞好了？」

「也對。」

啪！

「溫柔婉轉！」

「吵死了！」

被兩人喝斥的黑兔只能乖乖閉嘴。面對稀世的問題兒童，木製的房門實在太柔弱了。

黑兔垂下兔耳，拿著被拆下的門把嚶嚶哭了起來。

黑兔連眼淚都沒擦，直接拿起自己的熱水瓶來泡茶。這段時間內飛鳥和耀把帶來的布袋內容物倒到了小盤子上，原來裡面裝著看來是手工製的點心。

「……這難道是兩位？」

「不，是共同體的孩子們做的。」

「狐耳的女孩跟其他較大的孩子們拿著這個對我們說『拜託妳們跟黑兔姊姊和好吧！』」

三人都露出難以形容的複雜表情。

三天前，說明完在「Thousand Eyes」裡發生的事情後，仁和耀果然都阻止了黑兔。仁站在共同體領導者的立場，而耀則是基於新朋友的立場。

當時並沒有任何人有惡意，只是彼此都太過激動所以口不擇言。後來飛鳥也加入戰局讓情況一發不可收拾，結果為了讓大家都冷靜下來，仁就做出了閉門自省的判決。唯一從頭到尾都堅持旁觀者身分的十六夜丟下一句「我去箱庭玩玩」之後，就再也沒有回來。所有人都認為，說不定他已經對「No Name」感到厭煩了。

孩子們應該是察覺到這種劍拔弩張的空氣吧。

拚命思考自己能做什麼之後，答案就是這個小盤子上的點心。

「小孩子真是卑鄙呢，看他們淚眼汪汪地跑來拜託，我看只有鬼或惡魔還能拒絕吧？」

「不行啦飛鳥，大家都幫我們製造機會了，要確實言歸於好才行。」

飛鳥哼了一聲轉開臉，耀則規勸著她。

看到這情形，黑兔也為難地笑了。

「說的對……要是我們不振作一點，共同體的大家都會很傷腦筋呢。」

「正是如此。所以雖然對妳不好意思，但我們不能讓妳去別的地方。這個共同體的中心不是仁弟弟也不是我們，而是邀請我們加入，一直隻身支撐共同體至今的妳呀，黑兔。」

「……是的。」

這也是仁對黑兔說過的話。他說要是現在黑兔離開，共同體絕對撐不下去。

不管是被託付給自己的孩子們，還是自己邀請加入的十六夜等人。

背負著一切的人，正是黑兔自己，別無他人。

「……我從飛鳥那裡聽說了，黑兔妳講的『月兔』就是那個傳說？」

「YES。箱庭世界的兔族全部擁有同樣的起源，那就是『月兔』。」

──「月兔」。為了救助一名受傷的老人，一隻兔子自己跳入火中，奉獻自身血肉的佛教故事之一。在佛門中，自殺原本是大罪之一。然而兔子的行動被認為是基於犧牲自我精神的慈悲行為，因此受到帝釋天的召喚而成為月兔。

箱庭的兔子就是從那隻「月兔」衍生出的末裔。

「因為我等『月兔』可以從箱庭中樞引出力量，因此使用力量時頭髮和兔耳會受到影響而改變顏色。不過還是有個體差異啦。」

「原來是這樣，那三天前的驚人雷聲也是黑兔做的？」

「是的，一部分的兔子可以基於創始者眷屬之名，擁有使用因陀羅的武器權限。要是面對一般的對手，人家可不會輸喔！」

嘿嘿！黑兔挺起胸膛，還得意地豎起耳朵。

「不過想參加恩賜遊戲時，參賽資格卻會受到限制。」

「……是的。」

她頭上的兔耳又整個垂了下來。真是個喜怒哀樂很明顯的兔耳，耀她們感到很佩服。

「不過我嚇了一跳。因為講到『月兔』，有名到連萬葉集都有提到呢。在我的世界裡算是小有名氣喔。」

「是……是那樣嗎？」

「嗯——不過，我們不打算讓妳跳入火中。因為我們三個……是被妳寫的邀請函召喚來的呀。」

耀把手輕輕地放到黑兔的手上。她手中拿著那封邀請函。

「捨棄家族、友人、財產，以及世界的一切，前來『箱庭』。」

被召喚來的三人，都對這句口號最為中意。

對世界已經感到厭煩的三人之所以能重新鼓起幹勁，正是靠黑兔的這句搭訕，而非其他原因。要是她本人反而不在了，那麼三人又究竟是為了什麼才來到箱庭呢？

黑兔露出彷彿已經下定決心，又似乎已經放棄的笑容回答：

「……是的，真抱歉人家講了那麼不負責任的話。已經沒問題了。」

「是嗎，那麼差不多該來想想作戰了。」

「是呀，如果有什麼有建設性的方案就好了。」

——耶？雖然黑兔發出了沒進入狀況的茫然回應，但兩人依然毫不介意地繼續談論。

「我認為果然還是只能參加恩賜遊戲，碰到什麼恩賜就拿什麼，這樣一直打下去。」

「不行呀，畢竟時間所剩不多了。為了準備對方無論如何都想得到的東西，首先應該要探查情報才對。黑兔妳有沒有什麼線索？」

「咦？咦？」

黑兔雖然表現出有些狼狽的態度，但也理解了她們正在討論什麼。

也就是說飛鳥她們——並沒有放棄。

不交出黑兔，但也不會做出捨棄蕾蒂西亞的行為。

飛鳥和耀為了拯救和她們應該完全沒有任何交情的蕾蒂西亞，才會像這樣跑來找黑兔商議作戰內容。這份心意讓黑兔不由得紅了眼眶。

「飛鳥小姐，耀小姐…………真的很謝謝兩位。」

「要道謝等把人帶回來以後再謝吧，現在更重要的是作戰。有沒有那種很好用的東西，可以讓對方那些傢伙願意接受我們以黑兔以外的東西來交涉…………或者是能讓對方願意進行以吸血鬼女性為賭注的遊戲？」

「還……還真的是很好用的東西呢。」

話雖如此，現在也只能往這方向思考。黑兔用手支著下巴開始反覆思量。

寶物庫裡沉眠著許多貴重的恩賜，寶劍、聖槍、魔弓等等著名武器都很齊全，然而每一項都是很挑使用者的東西。雖然也有和希臘神話相關的物品，然而黑兔並不認為盧奧斯是那種會為了過去同伴收集物品的類型。

當他們「Perseus」前來襲擊時，還有在白夜叉的店裡和盧奧斯談話時。

從這些情況去推算，黑兔都不認為那些能讓盧奧斯產生交涉的意願。

「……不，真的很困難。『Perseus』是組織內勢力極端偏向領導者的共同體。想讓『Perseus』行動，除了讓盧奧斯先生行動，別無他法。白夜叉大人說過他是個沉迷酒色娛樂的人，如果不了解他的興趣，實在無法……」

「那麼就換個思考方向吧。有沒有那種即使是在盧奧斯擁有主權的狀態下，『Perseus』依然必須做出對應的東西？」

唔？黑兔開始沉思。這種東西要說有的確也有，只是如果想去取得，現在所剩的時間卻壓倒性地不足。要是至少還多剩下個幾天，那麼或許還有辦法解決……

「兩位知道 Perseus 討伐高更的故事嗎？」

「咦？」

黑兔唐突的問題讓兩人吃了一驚，但還是沒什麼把握地回答。

「講到 Perseus，我只知道這是星座的名稱。高更應該是擁有蛇髮的怪物吧？」

「是的，暗殺那個蛇髮女妖的，就是名叫帕修斯（Perseus）的騎士。」

——帕修斯討伐蛇髮女妖的傳說。

他獲得希臘諸神賜予四個「恩賜」，並展開討伐蛇髮女妖的旅程。

擁有光輝之翼的赫爾墨斯之鞋。

能夠斬殺神靈的武器，鐮形劍。

冥王的防具，黑帝斯頭盔。

雖然還有一項是戰神雅典娜賜予的盾牌，但那在箱庭中似乎已經失傳。

縱使帕修斯獲得這些強大的恩賜，卻明白自己的力量比不上蛇髮女妖，因此利用黑帝斯頭

盔隱形，並成功趁著蛇髮女妖睡覺時斬下她的頭顱。

諷刺的是，蛇髮女妖的頭顱卻成了將他生涯導向成功的最大恩賜。

「是嗎。那這個傳說有什麼問題嗎？」

「具備力量的共同體為了誇耀自己的傳說，有時會準備重現傳說內容的恩賜遊戲。他們允許只有符合特定條件的參賽者可以挑戰那個恩賜遊戲。賭注是自己的傳說——以及旗幟。」

飛鳥她們像是恍然大悟般地倒吸了一口氣。

「旗幟……！要是能奪下那個，說不定就能成為交涉籌碼！」

「是的。可是因為是要挑戰傳說，因此必須具備相符的資格。必須突破對方提出的兩個恩賜遊戲，並出示證據。兩者都是很嚴苛的考驗，想破解不知道必須花費多少年月……然而非常遺憾，我們並沒有那麼多的時間——」

「我要進去囉！」

這時，十六夜「砰！」地踹破了房門。黑兔驚訝地叫道：

「十……十六夜先生！您之前都到哪……不對！各位不能不破壞任何東西進來嗎！」

雖然她早已放棄，然而特地破壞根本沒鎖的房門才進來的行為根本就只是蓄意找碴。然而十六夜卻聳聳肩膀毫無反省之意。

「因為門鎖著啊。」

「啊，原來如此！那人家手上的門把又是什麼東西呢！這個笨蛋！」

黑兔使出全力把門把丟了出去。十六夜哇哈哈笑著並用夾在腋下的大包袱接住了門把。耀以不可思議的眼神望著那個大包袱。

「那個大包袱裡面放了什麼？」

「遊戲的戰利品，要看嗎？」

十六夜稍微打開包袱讓春日部耀瞧了一下，只見耀的表情一下就變了。

向來溫和安靜，表情也缺乏變化的春日部耀現在卻一臉訝異地瞪大了雙眼。

「——————……這個，怎麼來的？」

「所以我不是說了是戰利品嗎？」

「？你們兩個怎麼了？」

這次換成久遠飛鳥跑去看大包袱的內容。雖然飛鳥一開始表現出無法理解裡面裝了什麼的反應，然而在理解的那一瞬間，她也「噗！」地一聲，輕輕笑了出來。

飛鳥壓著嘴邊像是在強忍笑意，露出要笑不笑的表情，對著十六夜說道：

「該不會……你之前就是一個人跑去拿這些？」

「嗯，我收集到最後一刻。」

「嘻嘻，原來如此。不過啊，十六夜同學……」

飛鳥露出有些發火的表情扯住十六夜的耳朵，並裝出不太高興的樣子喃喃說道：

「既然你打著如此有趣的主意……從下次開始要好好報備一聲，知道了吧？」

「那還真抱歉啊，我下次會告訴妳的，大小姐。」

兩人交換了個俏皮的笑容。正可以說是問題兒童的兩人臉上，就像是找到新遊戲的孩子般散發出光輝。

最後十六夜把包袱擺到黑兔面前。

「我把逆轉的卡片帶回來了，妳已經沒有必要前往『Perseus』。至於接下來，就看妳想怎麼做了，黑兔。」

他把包袱丟到黑兔的膝上，然而黑兔卻不打算確認內容。

她只是以難以置信的表情望著一臉得意的十六夜。

「難道……在這麼短的時間裡……真的……？」

「嗯。不過比起遊戲本身，和時間的比賽才是問題啦。幸好有趕上。」

十六夜聳著肩膀輕浮地說道。然而那些戰鬥應該不像他講得那麼輕鬆。

「謝謝……您……這樣人家就可以抬頭挺胸地向『Perseus』提出挑戰了。」

「沒什麼好道謝，反而接下來才好玩。」

我並不是為了哪個人才這樣做。語畢，十六夜笑了笑。然而不需要任何人提醒，毫無疑問，十六夜的確是為了共同體而戰。光是這樣就讓黑兔滿心感動。

（人家真的……覺得加入共同體的是各位，實在是太好了。）

黑兔緊緊抱住包袱。根本不需要確認內容，黑兔已經明白裡面放了什麼。所以比起戰利品本身，三人的好意更是深深敲響她的內心。

黑兔擦掉快要落下的淚水，用力站了起來。她的眼中再也沒有任何迷惘。

她環視了一下三人的臉孔，高聲宣布：

「我們要對 Perseus 宣戰。一起奪回我等的同志，蕾蒂西亞大人吧！」

*

——二六七四五外門，「Perseus」根據地。

「Perseus」迎接敲響白色宮殿大門的「No Name」一行人，雙方在謁見廳相對而坐。

出席交涉會議的盧奧斯擺出一臉得意的笑容，不斷對黑兔送出充滿熱情的視線。然而黑兔卻視而不見地切入主題：

「我等『No Name』要對『Perseus』提出決鬥的要求。」

「什麼？」

盧奧斯的表情一變，聽到預料外的回答讓他皺起眉頭。而黑兔繼續說下去：

「關於決鬥方式，即使採用『Perseus』擁有遊戲中最高難度的設定，我方也無所謂。」

「…………啥？什麼？妳是來講這種無聊事嗎？是說，我說過我才不想決鬥吧？」

盧奧斯大失所望地說道。他雖然認為即使開戰自己這邊也不可能打輸，然而畢竟對手是

「箱庭貴族」。既然擁有因陀羅武器的兔子也是對手之一，隨便接受遊戲只是徒增風險。

況且，和「無名」共同體進行對等的決鬥，這種行為本身就已經是一種侮辱。

盧奧斯拒絕決鬥要求，揮手擺出驅離的動作。

「如果這就是你們想說的話，就快滾回去吧。啊～真的很煩耶。雖然不合我口味，就拿那隻吸血鬼來發洩這份悶氣吧。反正已經賣給那種即使是瑕疵品也不在意的好色肥豬——」

——碰！這時，黑兔在盧奧斯面前攤開巨大的包袱。

從包袱裡面滾出上面有著「蛇髮女妖頭像」的紅、藍兩顆寶珠。

看到這兩顆寶珠，隨侍在旁的「Perseus」部下們吃驚大叫：

「這……這是！」

「代表挑戰『Perseus』權利的恩賜……？難道區區無名共同體打倒了海怪克拉肯和格賴埃三姊妹嗎？」

「Perseus」的成員全都相當困惑。正常來說，要是出現獲得挑戰權的共同體，根據地將會收到通知，然而他們似乎都沒注意到。

不過這也理所當然。因為這幾天的文件都在盧奧斯的房裡堆積成山。

「喔，那隻大章魚和老太婆嗎？雖然挺有趣，不過還是蛇比較來勁點。」

十六夜縮了縮頭。這個寶珠是在恩賜遊戲中打倒傳說裡登場的怪物後可以獲得的恩賜。

這個遊戲是只針對力量薄弱的最下層共同體隨時開放的考驗，參加時將會給予帕修斯的武器複製品，是個連形式也相當齊全的完整恩賜遊戲。

至於把對「Perseus」的挑戰權作為獎品的原因，是想要表現出帕修斯的傳說，並同時培育下層共同體的上進心。不過盧奧斯並沒有那種了不起的信念。

盧奧斯看著寶珠狠狠咂舌。

（嘖！還以為和下層共同體可以輕鬆戰鬥所以才丟著沒管……！）

盧奧斯最近才剛想要取消這個從第二代開始設置的制度，結果就發生了這個狀況。

盧奧斯的不快達到了頂點。

「哼……好吧，就陪你們玩玩吧。原本這個遊戲的目的，就是要讓自以為是的共同體明白自己有多少份量。為了讓你們不會再度產生違抗我的念頭，我會徹底……徹底地毀滅你們！」

盧奧斯甩著華麗的外套，憤怒地如此主張。

黑兔也瞪著他發表宣戰布告：

「踐踏我方共同體的諸多無禮行徑，根本無須多言了吧？『No Name』和『Perseus』，將以恩賜遊戲分出高下！」

「契約文件」內容：

「恩賜遊戲名：『FAIRYTALE in PERSEUS』

・參賽者一覽：逆迴十六夜
　　　　　　久遠飛鳥
　　　　　　春日部耀

・『No Name』遊戲領袖：仁・拉塞爾
・『Perseus』遊戲領袖：盧奧斯・帕修斯

・破解條件：打倒主辦者方的遊戲領袖。
・敗北條件：參賽者方的遊戲領袖投降。

　　參賽者方的遊戲領袖喪失資格。
　　參賽者方無法達成上述勝利條件時。

·舞台詳細、規則：

＊主辦者方的遊戲領袖不可以離開總部——白色宮殿的最深處。
＊主辦者方的參加者不可以進入最深處。
＊參賽者們不可以讓主辦者方的成員（遊戲領袖除外）看見自己的身影。
＊被看見的參賽者將會被淘汰，也就是失去挑戰遊戲領袖的資格。
＊被淘汰的參賽者僅僅失去挑戰資格，但能繼續參加遊戲。

宣誓：尊重上述內容，基於榮耀與旗幟，『No Name』將參加恩賜遊戲。

『Perseus』印」

＊

簽署「契約文件」後的下一瞬間，五人的視線立刻被光線包圍。

次元的扭曲把五人趕到門外，前往恩賜遊戲的入口。

站在門前的十六夜等人不經意地回頭一看，只見白色宮殿的周邊都被切離箱庭，變成了一個飄浮於不明空中的宮殿。這裡已經成了一個既屬於箱庭又不是箱庭的地點。

「要是被看到就會遭到淘汰嗎？換句話說是要我們暗殺帕修斯嗎？」

十六夜抬頭望著白色宮殿，以彷彿興奮不已的語氣說道。仁回應了他的發言：

「真是那樣的話，盧奧斯也會模仿傳說進入夢鄉吧？再怎麼說戰況都不可能如此輕鬆。」

「ＹＥＳ。那個盧奧斯應該待在宮殿最深處做好準備，等待我們前往。在那之前，首先我們必須先成功征服宮殿。和傳說中的帕修斯不同，我們並沒有黑帝斯的恩賜。既然沒有能隱形的恩賜，我們就需要縝密的作戰計畫。」

黑兔豎起食指做出說明。這次的恩賜遊戲有一部分是在模仿希臘神話中的帕修斯傳說。如果無法躲過「主辦者」方的注意抵達宮殿最深處，根本不需開戰，就會直接遭到淘汰。

飛鳥以嚴肅的表情，確認並複誦著「契約文件」上的規則。

「被發現的人將會失去挑戰遊戲領袖的資格。同樣，萬一我們的遊戲領袖——仁弟弟在到達最深處前就被淘汰的話，則為參賽者方落敗。既然如此，大致需要區分為三個任務。」

飛鳥旁邊的耀也點點頭。正常來說這是一個需要百人，至少也要以十人的單位來挑戰，並只有其中少數能到達遊戲領袖處的恩賜遊戲。

像這樣的遊戲，他們卻必須以少少的四人來挑戰。分配負責任務乃是必要的做法。

「嗯，首先是和仁弟弟一起打倒遊戲領袖的任務；其次是索敵，察覺出看不見的敵人並擊退對方的任務；最後是一開始就要乾脆被淘汰，負責擔任誘餌和暖場的任務。」

「春日部的鼻子很靈，聽力視力也好，看不見的敵人就交給妳了。」

十六夜的提案之後由黑兔接口：

「人家只能以裁判身分參加遊戲，因此打倒遊戲領袖的任務就麻煩十六夜先生了。」

「哎呀？那我是負責當誘餌和暖場囉？」

飛鳥表現出有些不滿的反應。

然而現在已經確定飛鳥的恩賜無法打倒盧奧斯，更何況飛鳥的恩賜在面對不特定的多數敵人時更能發揮實力。不過就算理性上明白這些，感性上還是會對不滿的部分感到不滿吧。十六夜開口揶揄口氣有點彆扭的飛鳥：

「真抱歉呀大小姐，我也很想把這個任務讓給妳，不過不打贏比賽就沒意義。要對付那個混帳，再怎麼看也是我比較適合。」

「……哼，算了，這次就讓給你吧。但要是你敢輸掉，我可不會輕易原諒你喔！」

十六夜滿不在乎地聳聳肩。然而黑兔露出有些嚴肅的表情提出內心的不安：

「雖然遺憾，但是無法保證我們一定會贏。如果沒有趁盧奧斯大意時打倒他，應該會陷入相當嚴苛的苦戰。」

四人的視線一口氣集中到黑兔身上。飛鳥以有些緊張的表情開口發問：

「……那個惡徒真的那麼強嗎？」

「不，盧奧斯先生本身的力量並沒有什麼，問題是他擁有的恩賜。如果人家的推測正確，他的恩賜應該是——」

「隸屬於他手下的前任魔王大人。」

「對，前任魔王的……咦？」

十六夜的補充讓黑兔一時講不出話來。

然而十六夜卻以毫不在意的表情繼續說下去：

「按照帕修斯的神話，這世界不可能有蛇髮女妖的頭顱，因為那東西應該已經獻給了戰神。然而，那些傢伙卻使用了讓人石化的恩賜——被邀請成為星座的是箱庭的『帕修斯』，那麼簡單來說，他脖子上掛著的東西……應該就是惡魔之星吧？」

「……惡魔之星？」

聽不懂十六夜在說什麼的飛鳥等人面面相覷，狐疑地歪著頭。

只有黑兔繼續訝異地僵住不動。

因為她是唯一一個注意到，十六夜能得出剛剛那些結論是多麼異常的現象。

「十六夜先生……您該不會……已經看出箱庭群星的祕密……？」

黑兔以看著什麼難以置信的東西的眼神，搖著頭發問。

「是啊。之前抬頭觀察星星時我就做了推測，見到盧奧斯之後幾乎就確定了。後來我找了個空間跑去觀測惡魔之星，才剛得出確定結論。反正白夜叉會借我器材，要調查並不是什麼難事。」

十六夜洋洋得意地哼哼笑著。黑兔也露出別有含意的笑容，望向十六夜的臉孔。

「該不會十六夜先生您其實意外地是頭腦派？」

「什麼啊，事到如今還講這種話。我可是天生的頭腦派，就連黑兔妳房間的大門，也可以在不轉動門把的情況下打開呀，不是嗎？」

「……不不，基本上那扇門本來就沒有門把，只剩下門板。」

黑兔冷靜地吐槽。十六夜也注意到這一點，所以做出補充說明：

「啊，是嗎？不過就算有門把，我還是可以不使用門把就把門打開喔。」

「…………………………………………可以請教方法嗎？作為參考。」

黑兔以有些冰冷的眼神望著十六夜。

十六夜就像是要回應這句話般，笑著來到了大門前。

「這種事——當然就是這樣開啊！」

伴隨著震耳聲響，他踹破了白色宮殿的大門。

＊

白色宮殿是一棟五層樓的建築。最深處是宮殿的最上層，想前往最深處一定要經過樓梯。

雖然不確定「主辦者」配置了多少人，然而最少也得占領其中一個樓梯，否則無法前進。

藉由踹破大門的聲音得知遊戲開始的「Perseus」騎士們一口氣開始行動。

「封鎖東西兩側的樓梯！」

「去能監視正面樓梯的位置待命！」

「對手共四人，能放棄的棋子有限！只要冷靜對應，就不會被對方闖越防線！」

「這一戰關係到我等的旗幟，絕不能輸！」

在號令之下，「Perseus」的騎士們展現出整齊劃一的行動。

以根據地為舞台的遊戲可不是虛有其表，畢竟地利壓倒性地屬於對方。

更不用說勝利條件非常簡單，甚至不必動手，只要找到敵人即可。

在最深處大廳裡，坐在王座上的盧奧斯已經認定己方獲得了勝利。他腦中想的不是眼前的遊戲，而是對部下們沒能阻止挑戰權被奪走的滿腔憤怒。

（哼……沒有用的傢伙們，居然讓「無名」共同體獲得了挑戰權。）

無論多麼聽話，自己的共同體都不需要這種無能之人。

一等遊戲結束，立刻就要全面展開肅清。盧奧斯喃喃講著些危險發言。

——然而盧奧斯並不明白，自己招惹的敵人是一群不輸給著名英豪、世界首屈一指的兇惡問題兒童集團。

＊

正面樓梯大廳已經因為飛鳥的奮戰而成了一場大混戰。前來捕捉從正面挑戰的十六夜等人的騎士們，全都被飛鳥帶出來的恩賜——水樹給擋在這個地方。

「夠了！怎麼會對這樣一個小丫頭費這麼多功夫！」

「擁有隱形恩賜的傢伙們去尋找剩下的成員！這裡由我等來控制！」

被發現的那瞬間，飛鳥就已經放棄了挑戰遊戲領袖的權利。她的任務充其量就是個誘餌，然而四處逃跑並不合乎她的個性。雖然她也有考慮過要利用自己的恩賜來讓對方自相殘殺，然而這樣卻有些欠缺遊戲該有的精彩。所以飛鳥決定，要讓騎士們無法對自己視而不見——也就是動手破壞白色宮殿。

「從左右來了！同時把他們打飛出去！」

一喝，水流就襲向騎士們。同時宮殿內的華麗裝飾也被水樹放出的洪水給沖得亂七八糟，連那些講究高級的名畫也不幸地泡進水裡。

原本進行恩賜遊戲時，會把根據地的私有財產全部放進寶物庫裡保管。然而由於這次的遊戲事出突然，所以這方面的準備並不齊全，甚至連保護根據地的恩賜都不夠用。

飛鳥逮住這個破綻，徹底地在根據地中大肆破壞。雖然和飛鳥的戰鬥並非必要之戰，然而

騎士們再怎麼說也無法任由她胡作非為。

「嘻嘻……除了看不見的敵人外，其他大概都集中到這裡來了吧？」

飛鳥觀察著四周。騎士們雖然穿著飛空鞋，但面對水樹產生的壓倒性水量和自在操縱水樹的飛鳥，依然猶豫著不敢積極進攻。

「不……不妙，再這樣下去，宮殿的一樓會全部被洪水淹沒！」

騎士們焦急的喊聲在宮殿內迴響著。飛鳥坐在水樹伸展的枝椏上，對著水樹下令。

「右上方，掃下他們！」

被飛鳥的發言支配的水樹高速發射出如同利刃的高壓水柱，把具備翅膀的騎士們一一擊落。至於那些巧妙閃避過如同高壓水柱般攻擊的騎士，則用奔騰的水柱擊退。飛鳥一邊重複著以恩賜支配恩賜的行動，一邊在心中想著。

（為了支配恩賜的恩賜……嗎？）

她討厭只會回答「是」的世界。然而如果是這個箱庭世界，就會有形形色色的人類和種族基於各自的顏色，對她回應是非對錯。

黑兔向飛鳥保證，即使無法讓支配他人的力量消失，也可以藉由自制讓這力量不再增強。

「支配恩賜」這個選擇，也是為了不要再次讓具備色彩的世界從她手中被奪走而做出的選擇。只要別讓這份力量更加強烈地對人類意志發揮效果，應該也不會扭曲身為友人的十六夜和耀的內心吧。

（然而……那是另一回事。現在光是要操縱這棵水樹就得使出全力，還真是不像樣呢。）

飛鳥輕輕摸著水樹的樹幹。就像是在呼應她的動作，樹脈產生了脈動。

明明領悟了使用自己能力的方法，飛鳥臉上依然有著不滿之色。

最大的不滿，是這份與生俱來的才能到現在還只能發揮出等同帶殼小雞般的力量，讓她光是要操縱水樹就得使出全力。飛鳥之所以把身為共同體生命線的水樹帶來，而不是選擇寶物庫裡的恩賜，就是因為只有水樹會遵守她的命令。

對於自尊心強烈的飛鳥來說，無法支配也是不滿的起因之一。

（不過現在這樣就好吧，畢竟以前「能支配」是理所當然。要是沒有這點反彈，就會讓人覺得沒有什麼好努力。從今以後，我一定要變得能支配各式各樣的奇蹟。）

呼～她吐了口氣，就像是在呼應她的動作，水樹襲擊著騎士們。飛鳥的任務是要確保通路和成為誘餌。既然如此就使出全力好好大鬧一場吧。飛鳥讓身上的大紅色禮服隨風翻飛，在聽話的水樹上高舉右手。

*

和飛鳥兵分兩路之後，十六夜等人和飛鳥相反，屏息觀察著狀況。

春日部耀躲在宮殿柱子後方，豎起耳朵查探著周遭的動靜。

過了一小段時間後，耀表現出跳了一下的反應，並對所有人使了個眼色。

「有人來了，大家躲起來。」

她以緊張的語氣警告。就算看不見身影，但並不是連聲音和味道都能消除。耀那高性能的五感是唯一能對抗隱形恩賜的手段。

像野獸一樣蹲低姿勢的耀向看不見的敵人發動奇襲。

「怎……怎麼會！」

驚愕的聲音。耀立刻用力攻擊對方的後腦。

不明白自己位置為什麼會被看穿的騎士在一擊之下昏了過去。往前倒下的騎士頭上掉下一頂頭盔，接著原本什麼都沒有的空中出現一名騎士的身影。看到這副光景，耀做出了個推測。

「這頭盔應該就是隱形的恩賜。」

「好啦，小不點少爺。你拿去戴上吧。」

「哇！」

十六夜撿起頭盔，放到仁的頭上。瞬間仁的身影就失去顏色消失無蹤。

身為「No Name」方遊戲領袖的仁要是被發現，就會當場確定由「No Name」落敗。首先確保他的安全，就是最優先事項。

春日部耀確認仁身影消失後點了兩、三次頭。

「果然隱形的恩賜是攻略遊戲的關鍵。畢竟無論多小心也無法排除被看到的可能性。只要在通往最深處的樓梯上安排幾名護衛，無論如何都無法破解。」

「對方限制了使用隱形恩賜的人數，應該是為了不要被輕易奪走吧……那麼最少還要一頂，當然更好的結果就是再來兩頂，不過……」

十六夜難得欲言又止。三人中絕對必須前往最深處的只有仁和十六夜兩人。

如果把耀也算進去有三頂是最好，但是如果太貪心有時反而會慘遭失敗。

「喂，小不點少爺，作戰變更！我和春日部去打變透明的傢伙，把恩賜給我。」

「啊……好的。」

仁把恩賜交給十六夜。十六夜在戴上頭盔前，確認了一下耀的想法。

「要是拖拖拉拉打前哨戰那可沒完沒了。重點是盧奧斯，所以只能對不起妳了。」

「不必在意。」

耀搖搖頭。只要大張旗鼓地行動，應該就能逮住變透明的敵人，不過春日部耀也會就此被淘汰吧。然而不能因為執著這種事情而錯過勝利的機會。

「抱歉啊，好像好處都被我占走了。雖然我看起來這樣，不過還是挺感謝大小姐和妳。像這次的遊戲，感覺也無法靠我一個人完成。」

「所以我說不必在意，一定會讓你補償。」

耀以平淡的語氣來保證她絕對會回收這份人情。

十六夜差點大笑起來，但現在不是做這種事的時候。

「小不點少爺去躲起來吧，死也不能被找到。」

「好的。」

十六夜的身影消失了，兩人離開暗處開始在白色宮殿中四處奔跑。

「找到了！是無名共同體的小丫頭！」

「這樣敵人就只剩下三名！」

「好！抓住那女孩！把她當成人質引誘其他傢伙出來！」

騎士們襲擊耀，卻被看不見的十六夜打飛到白色宮殿之外。

「礙事！」

被打飛的騎士們發出慘叫並同時撞破好幾層牆壁，一起維持著第三宇宙速度，飛向雲海的另一端。老樣子，十六夜下手依然毫不留情。

「怎樣，春日部，找得到嗎？」

「不……飛鳥戰鬥的聲音和其他聲音太大聲了，有點…………哇！」

這時，耀突然在毫無預警的情況下飛出去撞上了牆壁。

十六夜立刻往反方向踢了一腳，然而卻沒有得到任何反應。

但是更奇怪的是，即使靠著春日部的敏銳感覺，她也沒有察覺到敵人接近。就算以十六夜來說，他居然無法察覺到距離自己如此接近的人類，也是很不自然的狀況。

十六夜的腦中出現一個可能性。

（難道……有人使用的不是複製品而是真貨……？）

對。不只是身影，連味道、熱量、聲音都可消除，是一個能夠完全消除存在感的恩賜。

有一個騎士手上擁有那個在希臘神話中帕修斯獲得的恩惠……也就是擁有冥王的力量，連神佛都能夠暗殺的恩賜，並潛藏在他們附近。

（嘖！這可棘手了，一個不好，頭盔掉下來就會被淘汰！）

當耀遭受攻擊時，十六夜完全沒有察覺到敵人的動靜。別說動靜，連初期動作也都完全沒注意到。

既然有「不可以被看見」這個規則，這就是最需要小心躲避的敵人吧。

「喂！春日部，暫時撤退吧！」

十六夜抱起倒地的春日部耀。然而看不見的敵人彷彿早就預料到這個行動，對十六夜發動攻擊。只要十六夜去抱起能夠看見的耀，敵方自然就可以把握十六夜的位置。十六夜被類似巨大鈍器的物體往橫打飛了出去，趕緊壓住頭盔，用力咂舌。

「好危險啊！頭盔差點掉了！真是混帳！是說我本來想反擊結果還真的完全感覺不到！乾脆隨便亂打？」

「等等。」

肺部可能受到重擊而痛苦地咳了好一陣子的耀叫住十六夜。她被相當沉重的鈍器打中，光是還有意識就已經很了不起了，不過果然還是很痛苦吧。

然而耀的眼中浮現出似乎掌握到了什麼破解法的神色。

「怎樣?有方法嗎?」

「嗯,不過說不定會被聽到,現在先逃吧。」

十六夜點點頭再度抱起耀。在那之後他的背部立刻又挨了類似鈍器的東西一記攻擊,然而對於即使蛇神都無法讓他受傷的十六夜來說,這根本不會形成致命傷。

他用力扭動上半身送出一腳,這次總算踢到了類似鈍器的東西。

從隱形的騎士手上掉落的鈍器,是一把尺寸驚人,大小和人類差不多的鐵鎚。如果是十六夜本人也就算了,用那把鐵鎚應該可以打壞黑帝斯頭盔吧。撿起鐵鎚之後,騎士又藏起動靜,繼續狙擊十六夜等人。

「迴廊邊,在角落等待,去吧。」

十六夜直直前往白色宮殿西側的迴廊,來到指定位置停下腳步,把耀放了下來。

「接下來,只要我發出信號就攻擊指定位置。」

「我是沒問題啦,但是妳能感覺到對方嗎?」

耀點點頭。十六夜換上意外的表情。

敵方的動靜消失得很完美。十六夜只想到賭著被他砍一刀也要反擊的方式,然而耀似乎有著什麼祕密對策。十六夜對她的方法很有興趣。

「很好,比起幸運打中,從正面直接擊破對方有趣多了。」

「我也這麼想——準備好。」

十六夜背對春日部耀。既然來到迴廊的角落，敵方能出手的方向只有左右正面三個角度。

十六夜也提高五官感覺，等待敵人。

這時，十六夜的耳朵感覺到類似耳鳴的反應。這是因為十六夜擁有雖然比不上耀，卻遠比常人更優秀的五感才能察覺到這種程度的音波。

（這個音波……原來如此，是這麼一回事嗎？）

似乎理解一切的十六夜嘴角露出一絲笑容。

——隱形的騎士使用黑帝斯頭盔完全遮蔽了自己的動靜。為了暗殺神佛而製造出的這個恩惠，可以將使用者的熱量、味道、甚至聲音都完全隔絕。就算是視覺不敏銳的蛇類所擁有的熱量探查器官……類似熱敏器官的東西也無法捕捉到他。

（——敵人在距離十公尺的位置觀察情勢，沒問題，沒有被察覺。）

然而這個隱形的恩賜有個致命弱點。

這個恩賜的本領是變透明，而不是透過。

例如只要能發出海豚或蝙蝠之類的音波，並以類似潛水艇聲納的方式藉著反彈音波探查周遭一帶，就可以破解這個隱形的恩賜。

（……！來了！）

隱形的騎士或許想要直接分出高下吧，他從左邊對耀發動突擊。

他是「Perseus」的精銳，而且還是能力強大到足以獲得傳說恩賜的騎士。恐怕正是成為這場前哨戰關鍵的人物吧。

他的步伐非常沉重而且迅速。一瞬間就縮短了兩人的距離，高舉起鐵鎚。

「左邊，立刻動手！」

春日部耀大叫。回應她喊聲的十六夜立刻揮拳攻擊。

拳頭擊中的部分雖然沒有發出聲音，卻感覺得到類似鎧甲碎裂般的確實反應，讓十六夜也從眼前的空白空間中，察覺出騎士的存在。

「嗚……喔……」

什麼都沒有的空間裡傳出痛苦的呻吟。十六夜跳向隱形的騎士，拔掉他的頭盔。

這名隱形的騎士就是在盧奧斯身旁待命的親信。

十六夜轉著頭盔笑著說道：

「喔……真虧你能撐住這一擊。雖然我有手下留情，不過原本還是打算把你打到天空的另一端去。」

「……哼，那麼，就是因為我等的鎧甲很優秀吧。」

男性親信這番話是拐彎抹角的稱讚，十六夜的拳頭就是如此沉重又猛烈。

即使是面對這樣一個挑戰過許多遊戲，身經百戰的騎士，也一擊就足以讓他認輸。

「如果因為埋頭亂打的一擊而輸那就另當別論，不過這是從正面打敗恩賜而造成的落敗——了不起，你們的確具備挑戰盧奧斯大人的資格。」

騎士膝蓋著地，癱倒下去。十六夜他們拿著隱形的恩賜，迅速往最深處前進。

＊

獲得第二個隱形恩賜的十六夜和仁直直衝進白色宮殿，來到最上層。最深處沒有天花板，而是一個類似競技場的樸素建築。

「十六夜先生……仁少爺……」

在最上層等待的黑兔觀察著兩人的樣子，然後安心地呼了口氣。

抬頭望著眼前這遼闊的競技場上空，有個人影正在俯視腳下眾人。

「——哼，真的是一群沒用的傢伙，要因為這次的事情來個全面肅清才行。」

飄浮在半空中的人影的確有著翅膀。

那雙長達膝蓋的長靴長出了一對光輝的羽翼。

「不過這下他們也能明白這個共同體到底是靠誰才能活下去吧。要讓他們反省自己的無能表現，這或許正是一個很好的契機呢。」

翅膀拍了一下。光是這一下就讓盧奧斯的速度超越風，以數十倍的速度降落到十六夜等人

面前。

「不管怎麼樣，歡迎來到白色宮殿的最上層。我就以遊戲領袖的身分來當你們的對手吧……嗯？這搞不好是我第一次說出這句台詞呢。」

這全都是因為騎士們很優秀。要不是這次的決鬥突然得讓對方無法充分準備，十六夜他們的計畫應該無法順利進行到這種地步吧。

十六夜聳聳肩笑了。

「嗯，畢竟是場突擊決鬥嘛，你就饒了他們吧。」

「哼！讓區區無名來到我面前時，就已經是重罪了。」

盧奧斯的翅膀又揮動一次。他拿出描繪著「蛇髮女妖頭像」圖樣的恩賜卡，取出正在熊熊燃燒的火焰弓。

看到那個恩賜，讓黑兔的臉色變了。

「……火焰弓？意思是你不打算使用帕修斯的武器來戰鬥嗎？」

「當然，既然能飛，我為什麼要委屈自己在同一個舞台上戰鬥？」

盧奧斯像是瞧不起人似地往上飛去，然而他還沒有表現出戰鬥的意願。他飛到牆壁上後，拆下掛在脖子上的短項鍊，高高舉起附屬在上面的裝飾品。

「主要戰鬥的不是我，我可是遊戲領袖，一旦落敗就等於是『Perseus』落敗。這場決鬥不值得我擔負如此嚴重的風險吧？」

「嗚…………！」

看到盧奧斯並沒有過度自大，讓黑兔開始坐立不安。如果事實正如她的想像，盧奧斯擁有的恩賜是足以和希臘神話諸神匹敵的兇惡恩賜。

盧奧斯高舉的恩賜開始發光，簡直會讓人誤以為是星光的那陣光波，一邊閃爍，一邊解開一個個封印。

十六夜反射性地做出防備。他擋在仁的面前，為了隨時可以開始戰鬥，擺出了臨戰態勢。

光芒變得更強，盧奧斯以兇猛的表情大喊：

「清醒吧——魔王阿爾格爾！」

光波染上褐色，填滿了三人的視野。

尖銳的女性叫聲在白色宮殿內迴響，彷彿要與宮殿產生共鳴。

「ｒａ……Ｒａ……ＧＥＥＥＥＹＡＡＡＡＡａａａａａａａ！」

這已經不是人類能理解的叫聲。

一開始雖然類似歌聲，但那也簡直是能讓中樞發狂的不協調音。

現身的女性身上綁著戒具和捕捉用的皮帶。她甩著那頭不像女性的灰色頭髮，不斷尖叫。

女性扯爛綁住雙手的皮帶，上半身往後仰並發出更強烈的尖叫。黑兔忍不住摀住兔耳。

「ra……GYAAAAAaaaaaaa！」

「這……這是什麼叫聲……」

「黑兔！快閃開！」

咦？黑兔嚇得呆掉。十六夜一抱一扛地抓起黑兔和仁，往後跳開。

在那之後，立刻有一個彷彿山脈的巨大岩石，從空中往下墜落。看著兩次、三次不斷閃躲落石的十六夜等人，盧奧斯高聲嘲笑他們：

「哎呀～不能飛的人類真是不方便啊。連掉下來的雲朵都躲不開。」

「你……你說這是雲……？」

黑兔猛然一驚，看向競技場的外側，才發現不只是這個競技場上空有雲朵正往下墜落。

名為「魔王阿爾格爾」的女性之力，對這個為恩賜遊戲準備的世界全體放出了石化光線。

這名女性能夠放出幾乎只要一瞬間就充滿世界的光芒……黑兔發著抖講出她的名字：

「星靈，阿爾格爾……！和白夜叉大人一樣同屬於星靈的惡魔！」

——所謂「阿爾格爾」是指以阿拉伯文 ra's al-ghūl 為語源，意為「惡魔頭顱」的星星；同時也是英仙座中，位於「蛇髮女妖頭部位置」的恆星。

她之所以能擁有原本是蛇髮女妖的魔力「石化」，應該是源自於這樣的經歷吧。

擁有一顆以星為名的大惡魔，箱庭最強種族之一的「星靈」，就是「Perseus」的王牌。

「現在你們的同伴和我的部下應該都變成石頭了吧？嗯，這對沒用的人來說是很好的懲

罰。」

盧奧斯笑得狂妄。完全沒有防禦的黑兔和十六夜等人之所以沒有石化，應該是因為他還想玩玩吧。

在以根據地為舞台的遊戲中，總算出現第一個挑戰者，立刻就讓遊戲結束未免也太可惜。和嘴上的輕浮言論相比，盧奧斯內心的鬥志應該已經遠遠高漲起來了吧。

然而十六夜也是一樣，想要一雪在白夜叉遊戲中所受到的恥辱，這裡就是最棒的舞台。

「退下吧，小不點少爺。看來我似乎沒有餘力保護你了。」

十六夜回頭對仁說道。仁似乎很愧疚地退了一步。

「抱歉……我真的……什麼都辦不到。」

「也沒差啦，倒是你還記得那件事嗎？」

仁慌忙點頭。就是他們要以「打倒魔王」來開始共同體活動的事情。

十六夜用力摸著仁的頭，像是要跟他說悄悄話般繼續說道：

「這下計畫都吹了吧？你本來應該是想靠奪回蕾蒂西亞來對抗魔王吧？」

「……是的。」

只要前任魔王蕾蒂西亞也回到共同體，那並非不可能辦到的事。

然而關鍵的她靈魂已經受損，失去了許多恩賜。

「怎麼辦？要停止那個作戰嗎？」

十六夜的語氣和表情都非常冷靜。
面對這並不是在指責，也不是在把人當傻瓜看待的聲色和視線，仁明確地搖了搖頭。
「十六夜先生，我們還有你。如果你真的是能打贏魔王的人才——請你在這個舞台上證明給我們看。」
這次一定要評定逆迴十六夜的真正價值。
面對仁的率直眼神和回應，十六夜回以高聲大笑。
「OK，你可要看清楚啊，小不點少爺。」
他最後又在仁的頭上粗魯地摸了一陣之後，才往前走去。
「好，那麼準備好了嗎，遊戲領袖？」
「嗯？你們不兩個人一起上嗎？後面那孩子才是領導者吧？」
「喂喂，可別自視甚高啊？像你這種貨色，怎麼會需要我們少爺動手。」
十六夜那輕浮的笑容讓仁感覺到有些冰冷的惡意，看來他也打算拿這次的騷動來宣傳。不過盧奧斯似乎覺得受到侮辱，發著抖大叫：
「——哼！區區無名說什麼大話，我等著看你後悔！」
「ra……GYAAAAAaaaaaa！」
光輝的羽翼和充滿傷痕的灰翼飛舞著。
盧奧斯飛到比阿爾格爾更高的位置，躲在她背後拉開火焰弓。

十六夜集中精神吼了一聲，將描繪出蛇行軌跡的炎箭給彈開了。

「喝！」

光是這個動作，炎箭就不知道飛去哪裡了。真是亂七八糟的肺活量。

「嘖！意思是果然具備了足以打倒海怪克拉肯的實力嗎！」

盧奧斯明白射箭只是白費力氣，收起火焰弓。取而代之，他從恩賜卡裡拿出新附加了「星靈兇手」這恩賜的鐮之恩賜，鐮形劍。

在空中自由飛舞的盧奧斯和阿爾格爾以夾擊的形式逼迫著十六夜。

「壓制住他！阿爾格爾！」

「RaAAaa！LaAAA！」

阿爾格爾發出尖銳叫聲並揮下雙臂。

十六夜擋下她的手臂，並以組合彼此雙手的姿勢握住了對方的手掌。

雖然令人難以置信，但他似乎打算正面和星靈較勁。

「哈！很好很好真的很好！真的感覺來勁了……！」

「RaAAaaGYAAAAAAaaaaaa！」

十六夜和阿爾格爾的手相疊，然而一進一退的場面只維持了短短一瞬。

阿爾格爾無法支撐到最後反被對方壓制，當場被十六夜扭著手臂壓倒在地。

「GYAAAAAAAaaaaaa！」

「哈哈！怎麼了啊？前任魔王大人！剛剛聽起來很像是真正的尖叫呢！」

十六夜帶著兇猛笑容把阿爾格爾壓制在地，還在她的腹部踩了好幾腳。十六夜光是踩了幾腳，就讓整個競技場產生龜裂，具備簡直可以粉碎白色宮殿的力道。

在這期間內，盧奧斯都在十六夜背後飛來飛去，伺機動手襲擊。

「別太囂張！」

「這句話還給你！」

盧奧斯單手拿著鐮形劍高速移動，十六夜則藉著轉動下半身的力道踢向他。雖然盧奧斯勉強用劍柄擋下這一擊，然而遭受這過於沉重的一擊後，還是讓他整個人往後甩了出去。

這一擊強大到明明已經擋住，卻還是讓人產生嘔吐感。之前的騎士們被十六夜以第三宇宙速度打飛，現在的盧奧斯卻以更快的速度往後飛去。十六夜跳躍著，瞬間就追上盧奧斯。

「怎麼了，明明有翅膀好像還挺不方便？」

「你……你這混帳……！」

盧奧斯揮動鐮形劍。

然而十六夜輕鬆擋下，這次則把盧奧斯丟向地面。盧奧斯被直接砸向倒在競技場上、失去意識的阿爾格爾身上。

「嗚！」

「Ｇｙａ！」

傳出兩聲慘叫。面對這實在太不合理的力量，盧奧斯抬起上半身狼狽地大叫：

「你……你這傢伙真的是人類嗎！到底擁有什麼樣的恩賜！」

這也是合情合理的疑問吧。能夠光憑力量就擊倒「星靈」，還可以跑得比飛天的赫爾墨斯之鞋還快，這樣的人類根本不存在。為了回答這個問題，十六夜拿出了恩賜卡。

「恩賜名『真相不明』——嗯，抱歉，光這樣無法理解吧？」

十六夜從容地聳著肩膀笑了。看到表現出餘裕的十六夜背影，仁慌慌張張地大叫：

「快……快趁現在給他們最後一擊！不能讓她使用石化的恩賜！」

星靈阿爾格爾的強項不在於體能。

甚至能讓世界石化的強大詛咒之光，才是她的本領。

然而想要用自身力量來打倒十六夜的盧奧斯，想要進一步的正面對決。

「阿爾格爾！我允許妳讓宮殿惡魔化！殺死那傢伙！」

「ＲａＡａａ！ＬａＡＡＡ！」

如同歌唱的不協調音在世界中迴響著。白色宮殿瞬間染上黑色，牆壁就像生物般產生脈動。從擴散到宮殿全區的黑色陰影中，長出許多蛇型石柱襲擊十六夜。

十六夜一邊閃避一邊喃喃說道：

「喔，講起來蛇髮女妖也有這一招呢。」

蛇髮女妖有產生各式魔獸的傳說。

何況「星靈」原本就是給予恩賜那一邊的物種。現在的白色宮殿已經化為魔宮，盧奧斯也許根本沒在注意周遭吧？他以彷彿發狂的樣子大叫道：

「我不會讓你們活著回去！這個宮殿是靠阿爾格爾的力量產生的新怪物！你這傢伙已經完全找不到立足點！你們的對手是魔王和宮殿怪物本身！在這個恩賜遊戲的舞台上，已經沒有你的藏身之處了！」

盧奧斯的怒吼與魔王那歌聲般的不協調音。

配合聲音變化的魔宮將白色的外牆和柱子都變成蛇蠍般的外貌，對十六夜發動攻擊並覆蓋住他。被千條蛇吞噬的十六夜在內部的中心喃喃自語：

「——……是嗎，意思就是把這整個宮殿打壞就行了吧？」

「咦？」

他語氣平淡地回應。仁和黑兔產生了不妙的預感。

十六夜隨性地舉高拳頭，然後朝染成黑色的魔宮揮下。

上千的蛇蠍同時粉碎，從十六夜的周圍煙消雲散。在那之後宮殿整體都搖晃了起來，競技場崩塌，瓦礫帶著四樓一起摔向三樓。

「哇……哇哇！」

「仁少爺！」

黑兔接住差點被崩塌牽連的仁。擁有翅膀的盧奧斯等人雖然逃往上空，眼前慘狀還是讓他忍不住停止呼吸。

這個競技場和宮殿內不同，隨時都架設著防禦用的結界。除非具備能粉碎山脈的力道，否則應該無法讓這最上層崩塌。

「……怎麼可能……這是怎麼回事？那傢伙的拳頭擁有足以打碎山河的力量嗎？」

盧奧斯在上空發出了既像是憤怒又像是畏懼的叫聲。

站在競技場剩下的立足點往上看的十六夜有點不高興地對盧奧斯說道：

「喂，遊戲領袖，該不會這樣就沒招了吧？」

「……嗚……！」

宮殿怪物還活著，然而就算繼續下去結果也不會好轉吧。

盧奧斯的臉孔因恥辱而扭曲。對他來說，在根據地舉行的正式遊戲，這還是第一次。沒想到戰況居然會一面倒到了這種地步，他一定連想都沒想過吧。盧奧斯的表情因為懊悔而扭曲了好一陣子——然後突然恢復認真表情，接下來換上了極為兇惡的笑容。

「已經夠了，讓一切結束吧，阿爾格爾。」

石化的恩賜被解放了。

伴隨著那如同歌聲的不協調音，星靈阿爾格爾放出了褐色光芒。這正是讓阿爾格爾得以登上魔王寶座的根本原因。以褐色光芒覆蓋包括天地的一切，並轉為灰色星星的星靈之力。

被褐色光芒覆蓋住的十六夜從正面逮住了那雙眼睛——

「——……呸！身為遊戲領袖，到現在居然還用這麼卑鄙的手段！」

然後，他把褐色光芒給踩碎了。

……這不是比喻，也沒有其他足以形容的詞語。阿爾格爾放出的褐色光線因為逆迴十六夜的一擊而像是玻璃藝品般碎裂，四處飛散直至蕩然無存。

「怎……怎麼可能！」

盧奧斯大叫著，也難怪他會這樣。

因為連從樓下旁觀戰況的仁和黑兔都忍不住大叫：

「把『星靈』的恩賜無效化——不，破壞了？」

「不可能！擁有那麼驚人的身體能力，居然還可以破壞恩賜？」

這就是白夜叉以「不可能」作為結論的理由。這兩種恩惠該是相反的恩賜。如同之前的說明，在這個聚集眾多神明的箱庭裡，能讓「恩賜」無效化的恩賜並不罕見。然而，這僅限於肉體以外，能以武器等形式具體化的物品。

十六夜沒有其他「恩惠」，只要看恩賜卡就能一目了然。

問題是這樣就會造成「打碎天地的恩惠」跟「擊碎恩惠之力」兩種能力同時成立的狀況。然而這種靈魂應該絕對不可能存在才對。

「好啦，繼續吧，遊戲領袖，『星靈』的力量應該不只如此吧？」

十六夜輕浮地挑釁著。然而盧奧斯的戰意已經差不多都枯竭了。別說「箱庭貴族」，連「白夜魔王」也參不透的來源不明、效果不明、名稱不明，具備了全部必要條件，如假包換的「真相不明」。

本身擁有奇蹟，卻又能破壞奇蹟的矛盾恩賜。

面對這種不可能的存在，讓盧奧斯茫然自失。這時黑兔嘆著氣插嘴：

「雖然遺憾，但人家認為不會再有什麼新招式了喔。」

「什麼？」

「在阿爾格爾被戒具鎖住的狀態下出現時，人家就該察覺了……想要支配星靈，盧奧斯大人的能力還太不成熟。」

「嗚！」

盧奧斯眼中出現灼熱的憤怒。雖然他的眼神幾乎可以殺人……然而卻沒有否認。因為黑兔的發言就是真相。

然而又有誰能預測到這個慘狀？裝備著許多恩賜，而且還讓甚至能石化世界的兇惡星靈服從自己的盧奧斯，居然會輸給「無名」……一定沒有任何人能預料到。

「——哼！充其量只是靠爸一族和前任魔王大人，一旦優勢被打破，就毫無對策了嗎？」

十六夜不屑地表達失望。當黑兔正準備宣布比賽的勝負已分時——十六夜卻露出兇惡到極點的笑容把盧奧斯逼上絕境。

「喔，對了。要是你就這樣輸掉遊戲……你應該知道你們的旗幟會怎麼樣吧？」

「咦？什麼？」

盧奧斯發出了無法理解突然發生什麼狀況的聲音，也難怪他這樣。

他一直以為十六夜他們是為了奪回蕾蒂西亞，才要得到「Perseus」的旗幟。

「那種事之後也辦得到吧？只要以旗幟為擋箭牌，立刻要求再度進行一次遊戲——對了，下次就接收你們的名號吧。」

盧奧斯的臉上一口氣失去了血色。

這時他才第一次注意到周圍的慘狀，眼前那些崩毀的宮殿還有石化的同志們。

然而十六夜卻帶著毫無慈悲的兇惡笑容繼續說下去：

「取得那兩樣東西後，我會徹底地不斷貶損糟蹋你們的名號和旗幟，讓『Perseus』永遠無法在箱庭活動。不管你們是要生氣要哭還是要喊，我都會徹底下手，徹底到讓共同體存續這個要求都無法達成的地步……沒錯，徹底下手……聽說即使這樣還是會拚命抓著不放才叫做所謂的共同體？不過正因為這樣，糟蹋起來才有意思吧？」

「住……住手……」

只要在這場遊戲中落敗，旗幟就會被奪走。那樣一來「Perseus」就無法拒絕決鬥。要在這種破壞狀態下戰鬥更不可能。

盧奧斯……到了現在才總算察覺。

自己的共同體正面臨了瀕臨崩壞的危機。

「是嗎？不願意嗎？——那方法只剩下一個了吧？」

十六夜兇惡的表情突然消失，這次笑得很開懷。

他動動指尖像是在挑釁盧奧斯。

「放馬過來吧，帕修斯。賭上性命——讓我好好樂一樂吧！」

兇猛的快樂主義者張開雙臂，提出繼續進行遊戲的催促。他完完全全還玩得不過癮。盧奧斯直接面對由自己導致的組織危機，也痛下決心開口大叫：

「我不會輸………不能輸……怎麼能輸！打倒他吧！阿爾格爾！」

光輝羽翼和灰色羽翼雙雙拍動。為了共同體，抱定必敗決心的兩人往前疾馳。

蕾蒂西亞的災難反而是從這之後才開始。

直到她的所有權轉移至「No Name」為止，一切真的都還很美好。但當打倒「Perseus」的五人把蕾蒂西亞搬到大廳，解開石化的那一瞬間，三名問題兒童卻異口同聲地說道：

「那麼，從今天開始就麻煩妳啦，女僕小姐。」

「咦？」

「咦？」

「……咦？」

「咦什麼咦？畢竟在這次的遊戲中，只有我們大展身手吧？你們真的就只是緊跟著我們而已。」

「嗯，像我不但被痛毆，還被變成了石頭。」

「而且弄來挑戰權的人是我吧？所以我們已經講好，以3：3：4的比例分享妳的所有權！」

「這幾位到底在說什麼啊！」

現在已經不只是來不及開口吐槽的狀況了，黑兔完全一片混亂。

順便說一下，仁也陷入了混亂狀態。

唯一冷靜的，就只有當事人蕾蒂西亞。

「嗯……唔，也對。這次的事件的確讓我承受到諸位的恩情。能夠順利回到這個共同體，更讓我感動至極。只不過縱使交情再深厚還是該維持基本禮儀，隸屬於同一共同體的夥伴也不該忘記這個道理。如果你們要求我成為女傭，那我何樂而不為呢？」

「蕾……蕾蒂西亞大人？」

黑兔的語氣透露出至今最高等級的焦躁。沒想到居然必須把自己尊敬的前輩當成女僕使喚……當她還在不知所措時，飛鳥已經興高采烈地開始為蕾蒂西亞準備服裝。

「我一直很想有個金髮的僕人呢！畢竟我家的僕人都是些既不可愛又不顯眼的人們！以後多多指教，蕾蒂西亞。」

「多指教……不對，因為是主僕身分，所以講『請多多賜教』比較恰當吧？」

「選妳自己覺得講起來順口的方式就好啦。」

「是……是嗎……不對，是這樣嗎？唔唔？既然您這麼說了……」

「別模仿黑兔講話的方式啊！」

十六夜哈哈大笑。看到這四人意外融洽的模樣，黑兔也只能頹喪地垂下肩膀。

＊

——和「Perseus」決鬥後過了三天的晚上。

包括孩子們的「No Name」所有成員們都聚集在水樹蓄水池附近。

總數是一百二十六人加一隻貓。單看數字，或許能稱此為一個中等規模以上的共同體吧。

「呃～那麼！迎接新成員加入的『No Name』，現在開始舉辦歡迎會！」

孩子們都發出了歡呼聲。雖然規模不大，仍然可以看到周圍那些被搬來這裡的長桌上排放著一些菜餚。這真的是一場幾乎全是小孩的歡迎會，不過三人並沒有因此感到不悅。

「是說，為什麼選擇屋外舉行歡迎會呢？」

「嗯，我也有同樣的疑問。」

「大概是黑兔能辦到的最大驚奇吧？」

老實說，「No Name」的財政比想像中還糟糕，只要再幾天財庫就會見底。

就算十六夜等三人開始正式活動，要養活超過一百人的孩子們或許依然相當困難。更不用說在這種情況下，他們還得同時和魔王戰鬥以及拯救其他同伴。

就連像這樣在自家所有地裡一邊吵鬧一邊吃喝填飽肚子，對他們來說都算是有些奢侈的行為。對這種慘狀心知肚明的飛鳥帶著苦笑嘆了口氣：

「明明我有跟她說過不必勉強呀……真是個傻孩子。」

「是呀。」

耀也以苦笑回應。當兩人像這樣隨口閒聊時，黑兔卻突然大聲嚷嚷並要求大家注意：

「那麼今天的大活動即將開始！各位，請仔細觀看箱庭上方的帷幕！」

包括十六夜他們在內的共同體所有成員都抬起頭望向箱庭的帷幕。

這天晚上依然滿天繁星，在天空中閃爍的群星今日也同樣散發出燦爛光彩。

然而在黑兔要求大家注意後過了幾秒，就發生了異變。

「……啊！」

抬頭仰望星空的共同體成員之一喊了一聲。

之後，接二連三有星星滑過夜空。所有人立刻察覺到這是流星雨，紛紛發出了歡呼。

黑兔以像是在教導十六夜等人和孩子們般的語氣開口說道：

「造成這場流星雨的不是別人，正是我等的新夥伴。是來自異世界的三位製造出了這場流星雨。」

「咦？」

在孩子們的歡呼聲中，十六夜等人發出了訝異的喊聲。黑兔毫不介意地繼續說了下去：

「正如同箱庭世界採取天動說，所有的規則都以此處……箱庭都市為中心來旋轉。前幾天被同伴們打倒的共同體『Perseus』已經因落敗而遭到『Thousand Eyes』放逐。所以最後他們也必須從那片星空中撤退。」

十六夜等三人由於過度驚訝而啞口無言。

「——咦……妳的意思該不會是……星座將從那片星空中消失嗎……？」

這瞬間，一道特別刺眼的光芒充滿了星空。

原本在空中的 Perseus——英仙座就和流星雨一起消失得無影無蹤。

三人雖然在這幾天內目睹過各式各樣的奇蹟，然而這次奇蹟的規模卻完全不同。

和張口結舌的三人相反，黑兔繼續進行下一步驟。

「今晚的流星雨同時也是『Thousand Eyes』贈送給再度開始共同體活動的『No Name』祝福。不管是要對流星許願，還是要大家一起欣賞，總之今天就好好熱鬧一陣吧♪」

黑兔和孩子們開開心心地舉杯慶祝，然而十六夜等三人卻沒有那種心情。

「居然連星座的存在都可以隨心所欲地變更……也就是說，直到那片星空的另一端為止，所有一切都是為了讓箱庭更加熱鬧的舞台裝置囉？」

「應該……就是那樣吧？」

飛鳥和耀抬頭看著這可稱之為「龐大無比」的力量，不由得有些茫然。

只有十六夜一邊看著流星雨，一邊滿懷感慨地嘆著氣：

「……雖然我有看穿阿爾格爾並不是食變星，但是真沒想到這整片星空都只是為了箱庭而製作出來的東西……」

他抬頭仰望星空，看著先前英仙座散發出光輝的位置。

——阿爾格爾之所以在傳承中被視為惡魔之星，是因為它是顆變星。實際上是有兩顆相連的聯星相互重合並因此改變光度波長。這就稱為食變星，也是阿爾格爾邪惡性質的真面目。

原來這個箱庭之中，有某種力量龐大到可以自由玩弄星辰位置，支配範圍遠達天空彼端的存在。當十六夜似乎在補充感動般瞇上雙眼時，一個充滿精神的聲音前來造訪。

「哼哼～嚇到了嗎？」

黑兔蹦蹦跳跳地來到十六夜身邊，十六夜則攤開雙臂點了點頭。

「我承認自己被將了一軍。不管是世界盡頭還是水平運行的太陽……我還以為自己已經見識過各種超乎常理的東西了，結果居然還有規模大到這樣的表演。託福，我建立了一個不錯的個人目標。」

「喔？請問是什麼呢？」

不是共同體的目標，而是十六夜個人的目標。就算是黑兔以外的人一定也會很感興趣。

十六夜伸手指出英仙座消失的位置。

「要把我們的旗幟裝飾到那個地方……如何？很有趣吧？」

這次換成黑兔目瞪口呆。不過她立刻發出了似乎很開心的笑聲。

「這個……真是非常浪漫呢。」

「是吧？」

「是的♪」

雖然以滿臉的笑容來回應，然而這個過程仍舊非常險惡。因為他們必須把被奪走的人事物全部搶回，之後還得讓共同體更加成長茁壯。

然而另外兩人應該也不會反對吧……十六夜有著這樣的預感。

「捨棄家族、友人、財產，以及世界的一切，前來『箱庭』。」

因為付出如此驚人代價的他們，才剛剛開始展開新生活。

# 後記

好，成為輕小說家吧！

…………五年前我在某座橋上起了這個念頭，是件發生在我辭掉工作後的嚴冬裡的往事。

我是完全沒料到自己真的能成為輕小說家的竜ノ湖太郎。初次見面，請多指教。

感謝您這次閱讀（唬人的）現代風異世界衷心奇幻作品《問題兒童都來自異世界？YES！是兔子叫來的！》。由於書名太長，如果簡稱「問題兒童系列」，應該會有人喜極而泣。

主要是一個長得像海馬的兩棲類會喜極而泣。

那麼，因為大幅超過既定頁數，文庫本尺寸也不得不製作成比預定還要厚一層的版本等等許許多多的原因，能分配給我的後記頁數居然多達四頁。

由於機會難得，我本來想以成功傳記風格熱情鋪敘我得獎為止的三年間以及得獎之後的兩年間發生過的種種，然而卻發現這樣會連四頁都填不滿的驚愕事實！

因此，這裡就來聊聊本書插畫、非常長的書名，以及問題兒童們的事情吧。

## 後記

首先，從大家一定都抱有的共通疑問開始。沒錯，就是大大刊載於封面以及「ザ・スニーカー」的傢伙——這隻超顯眼螢光粉紅兔子的問題。

「……根本不是黑兔嘛！」雖然我已經聽見了這樣的意見，但這件事請恕我故意略過啊～啊～啊～我什麼都聽不見。

……什麼？這隻黑兔和三月スニーカー文庫摺頁廣告的設計不同？這我也要略過……騙你的。

關於這一點，該說主要是因為我的任性還是什麼呢（汗）。

總之，帶給負責擔任插畫的天之有老師非常大的困擾。講了一堆任性意見的結果，例如顏色要怎樣、服裝要怎樣、不是吊帶襪無法接受等等，害老師被某隻兩棲類和責編Y的意見耍得團團轉，最後封面就以相當煽情（毆）……非常可愛的超顯眼螢光粉紅兔拍板定案。至於過程中產生的則是那隻摺頁廣告出現過的黑兔。

如果有人對那個版本有興趣，請在網路上找找看。

此外我也要藉這個機會，表達我對天之有老師的由衷感謝。

那麼，其次是關於這個非常長的書名。一開始這部作品預定採用「恩賜遊戲」當作書名，不過由於實在過於簡單，所以遭到責編Y第一次退件。

接下來是「月兔和箱庭魔王」這個也有刊載在摺頁上的候補名稱，然而責編Y表示「還差一點！」第二次退件。之後在提出的複數候補中選出的就是現在的《問題兒童都來自異世界？YES！是兔子叫來的！》。

這不是直接廣告信而是直截了當的書名。

我相信如果是閱讀過本作的讀者，一定能明白這個超長書名的意義。

這個故事就是問題兒童從異世界前來並徹底玩弄黑兔的故事。

最後是問題兒童，也就是本作的主角們。

我就老實招了吧，其實逆迴十六夜當初是別部作品的女主角。

……不是古柯鹼也不是海洛因，對，他是個女孩而且還是女主角（註：日文中，古柯鹼、海洛因和女主角部分發音相同）。由於得獎之後又過了兩年，這段期間有機會讓責編Y看過幾部作品，而她是其中特別有活力的角色，因此換了性別再度登場。

啊啊，不過我好想挑戰一次看看呀。純情 bitch 好萌！

再來是久遠飛鳥和春日部耀，關於她們兩個，暫時稍微點到為止就好。

作品中也有提到，問題兒童們全部都是從不同的時間軸登場。

逆迴十六夜是從開始能感受到初夏氣息，梅雨季中難得放晴的時期。

# 後記

久遠飛鳥是從蟬鳴如雨聲般煩人的盛夏時期。

春日部耀是從秋霖已過，紅葉季節即將開始的時期。

除此之外，他們原本所屬的時代背景也全都不同。如果本作還可以出續集，還請各位在閱讀時特別注意這個設定，我想應該可以享受到更深一層的樂趣。

那麼最後的最後，我要對為了製作本書不吝揮動愛之鞭的責編Y。

回應海馬兩棲類的我任性要求，繪製出美麗插圖的天之有老師。

給予我許多鼓勵的各位作家前輩。

選擇敝人作品《イクヴェイジョン》為獎勵賞得獎作品的評審委員會的各位委員。

藉此機會，謹表達在下內心的深深謝意。

下一集大概是七月，或者是八月？總之預定要在那段時期出版。

非常期待有一天能和各位讀者再度相見。

竜ノ湖太郎

# 後台下集預告!!

YES!

大家辛苦了！
這裡是後台，
下集預告的單元♪

聽說下集是以
大小姐為主喔。

咦？我嗎？

嗯。以飛鳥為主，
玩弄黑兔的故事。

對呀對呀！由飛鳥小姐擔任負責玩弄
人家的主要角色……咦，不對啦！
耀小姐!?

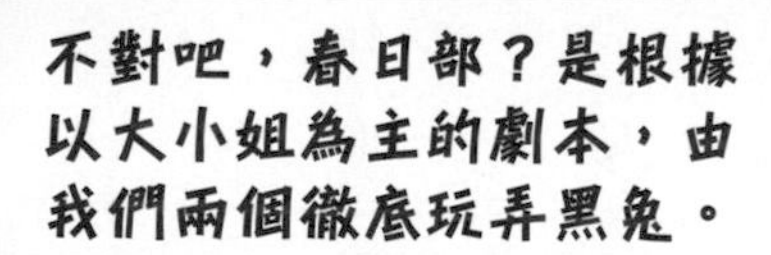

不對吧，春日部？是根據
以大小姐為主的劇本，由
我們兩個徹底玩弄黑兔。

對呀對呀！由兩位負責
……夠了不要說了!!!!
（我打！）

……所以說，到底是以我為主
去做什麼的故事啊？

第二集預定夏天出版！

Kadokawa Light Novels

## R-15 1~3 待續

作者：伏見ひろゆき　插畫：藤真拓哉

### 天才情色作家芥川丈途
### 能否救回魔王城堡裡的謠江？

閃學園中突然冒出一座中世紀的城堡，園聲謠江居然在丈途面前被魔王抓走了！ＲＰＧ劇情就這麼莫名其妙地展開。由村人三號的丈途領軍，加上白魔法師鳴唐吹音和賢者円修律，不知為何連兔女郎們也跑來湊熱鬧。亂七八糟的學園生活第3集！

台湾角川

各 NT$190~200/HK$50~55

Kadokawa Light Novels

# 鋼殼都市雷吉歐斯 1~17 待續

作者：雨木シュウスケ　插畫：深遊

**菲麗即將挑戰德爾波妮的遺產！**
**不斷前進的命運與感情的目的地是——!?**

儘管伴隨極大的風險，為了雷馮，菲麗仍試著接收德爾波妮遺留下來的強大遺產。另一方面，透過與妮娜以及庫拉麗貝進行的訓練比賽，雷馮感到自己心中某些迷惘消失了，他正試著往前邁出一步。梅珍卻對這樣的雷馮感到不安——

各 **NT$180~260/HK$50~75**

Kadokawa Light Novels

## 虛空之盒與零之麻理亞 1~4 待續

作者：御影瑛路　插畫：鉄雄

**就由我……來當國王吧——**
**「罷免國王的國家」完結篇登場！**

星野一輝至今仍然無法從「互相欺騙、互相殘殺」的密室遊戲——「罷免國王的國家」中掙脫，為了讓情況有所突破，他終於展開了成為「國王」的行動。關鍵是詐欺師大嶺醍哉。創造出這個空間的「擁有者」到底是誰？一輝終於即將揭曉真相，但……

各 **NT$200/HK$55**

Kadokawa Light Novels

# 浩瀚之錫 1~2 待續

作者：逸清　插畫：ky

**第二屆輕小說大賞金賞作者與《The Sneaker》短篇小說大賞得獎插畫家，聯手打造的衝擊續作登場!!**

結束與天都軍的大戰後，浩瀚錫與菲妮克絲墜落異星球。少年的溫柔受到戲弄，少女的理想遭到扭曲。在如此困苦的情況下，兩人卻再次遭逢「十二聖」。為了抵抗被掌控的人生，為了再次堅持自我，他們決心放手一搏，擊潰這滿是陰謀的世界！

各 NT$220~240/HK$60~68

Kadokawa Light Novels

## Sword Art Online刀劍神域 1~7 待續

作者：川原 礫　插畫：abec

**人稱「絕劍」的劍術高手出現，**
**「聖母聖詠」篇登場！**

在「ALfheim Online」裡出現一名神秘人物。這人以自己的「原創劍技」作為賭注，擊敗了桐人和所有對手。亞絲娜雖然也向其挑戰，但還是敗在對方手下。可是決鬥一結束，「絕劍」竟然立刻邀請亞絲娜加入自己創立的公會!?

各 **NT$190~260/HK$50~75**

國家圖書館出版品預行編目資料

問題兒童都來自異世界？. 1, YES!是兔子叫來的！ / 竜ノ湖太郎 ; 羅尉揚譯. -- 初版. -- 臺北市 : 臺灣國際角川, 2012.02

面 ; 公分. -- (Kadokawa fantastic novels)

譯自 :問題児たちが異世界から来るそうですよ？:YES!ウサギが呼びました！

ISBN 978-986-287-591-9(平裝)

861.57 100028217

Kadokawa
Fantastic
Novels

# 問題兒童都來自異世界？ 1

YES！是兔子叫來的！

（原著名：問題児たちが異世界から来るそうですよ？YES!ウサギが呼びました！）

2012年2月23日 初版第1刷發行
2021年3月26日 初版第16刷發行

作　者：竜ノ湖太郎
插　畫：天之有
譯　者：羅尉揚

發行人：岩崎剛人
總編輯：蔡佩芬
主　編：朱哲成
美術設計：宋芳茹
印　務：李明修（主任）、張加恩（主任）、張凱棋

發行所：台灣角川股份有限公司
地　址：105台北市光復北路11巷44號5樓
電　話：（02）2747-2433
傳　真：（02）2747-2558
網　址：http://www.kadokawa.com.tw
劃撥帳戶：台灣角川股份有限公司
劃撥帳號：19487412
法律顧問：有澤法律事務所
製　版：尚騰印刷事業有限公司
ISBN：978-986-287-591-9